BIBLIOTHÈQUE CONTEMPORAINE

TH· DE BENTZON

LE ROMAN D'UN MUET

PARIS

MICHEL LÉVY FRÈRES, LIBRAIRES ÉDITEURS

RUE VIVIENNE, 2 BIS, ET BOULEVARD DES ITALIENS. 15

A LA LIBRAIRIE NOUVELLE

1868

LE ROMAN

D'UN MUET 2260

Clichy.— Impr. Maurice Loignon, rue du Bac-d'Asnières, 12.

LE ROMAN
D'UN MUET

PAR

TH. DE BENTZON

PARIS

MICHEL LÉVY FRÈRES, LIBRAIRES ÉDITEURS

RUE VIVIENNE, 2 BIS, ET BOULEVARD DES ITALIENS, 15

A LA LIBRAIRIE NOUVELLE

—

1868

LE ROMAN

D'UN MUET

I

Dans cette petite bibliothèque où j'écris,
tous les meilleurs amis de ma vie sont ras-
semblés, les seuls dont la présence et les conseils n'aient jamais été importuns, devant qui
l'on ose pleurer sans crainte de consolations
banales, d'indiscrétion ni de mépris.

Mes poëtes, mes philosophes, Dante et Mil-
ton, Gœthe et Chateaubriand, âmes sympa-
thiques qui avez si souvent apporté à la

mienne l'oubli salutaire d'elle-même, ne sou-
riez-vous pas de cette idée qui me vient de
me raconter mes propres émotions et mes propres souffrances, les liens uniques qui me
rattachent au reste des hommes! Bon! personne ne le saura, personne ne me jugera,
et vous serez les confidents silencieux de ma
faiblesse.

Au plus loin dont je me souvienne, je
vois la bibliothèque telle qu'elle est, enfermée dans une tourelle dont les murs rongés
de salpêtre verdissent et s'écaillent, meublée
uniquement à l'intérieur de rayons surchargés de livres, qui partant du plafond descen-
dent jusqu'au plancher, et d'un divan de
cuir. Auprès de la fenêtre, ouverte sur une
avenue de mélèzes, si droite, si longue,
qu'à l'extrémité les deux bordures parallèles

semblent se toucher, ma vieille bonne Marianne s'asseyait pour coudre, et je suivais, assis à ses pieds, le mouvement régulier de son aiguille qui ne s'arrêtait guère. Elle ne me caressait jamais, bien qu'elle fût avec moi soigneuse et prévenante, très-dévouée, je suppose, et que souvent j'aie surpris une larme derrière ses lunettes lorsqu'elle me regardait.

D'où vient que je ne me rappelle pas la figure de mon père, celle de mon frère, aussi bien que la sienne? Non, quand je veux évoquer l'entourage familier de mon enfance, je ne vois plus qu'un professeur, gesticulant en chaire pour l'instruction d'une classe de jeunes garçons affligés de la même disgrâce que moi, et parmi lesquels je ne comptais que des camarades indifférents.

Ce fut M. Furey, précepteur de mon frère,
qui me conduisit à l'institution des Sourds-
Muets de Paris, et qui, chaque année aux vacances, revint m'y chercher pour faire un
voyage en Suisse, en Allemagne, en Angleterre, selon ma fantaisie. Nous parcourûmes
ainsi une partie de l'Europe.

M. Furey n'eut jamais d'âge; il fut toujours
d'une maigreur de squelette, long, efflanqué,
avec des tempes chauves, des jambes mal
attachées et une habitude originale de courber
l'échine jusqu'à terre, en glissant de droite à
gauche, les coudes dans les mains. J'allais
oublier sa cravate grasse roulée comme une
corde et l'absence complète de linge, qui sont
restés ses signes particuliers.

Irlandais, il s'était interdit par quelque pec-
cadille politique l'accès de son pays, qu'il

comparait sans cesse à Chanaan esclave;
l'Église, à laquelle il se destinait d'abord, lui
était fermée de même. Après avoir franchi
les premiers ordres, il avait dû renoncer à
ce qu'il croyait sa vocation, afin de pouvoir
mieux aider une famille pauvre, qui lui donna
d'ailleurs beaucoup d'ennuis et de dégoûts, sa
sœur ayant contracté je ne sais quel sot mariage qui la fit partir pour les Indes avec un
sous-officier.

Si depuis j'ai apprécié le mérite du digne
homme, je ne voyais dans ce temps-là que le
ridicule de son nom et de sa personne, outre
que je lui en voulais de s'apitoyer sur mon
compte à tout propos. Quel était donc mon
malheur ? A peine m'en rendais-je compte,
ayant toujours vécu au milieu de personnes
frappées de la *demi-mort*, et qui n'en étaient

pas moins gaies. D'ailleurs il est une saison
où nous acceptons l'existence, telle qu'elle
nous est faite. Mon infirmité de naissance ne
m'avait pas rendu plus réfléchi qu'un autre,
et ce fut grâce à cette compassion maladroite,
que je me demandai une première fois, par
quelle rigueur Dieu qui a donné le *bourdonne-
ment* à l'abeille et le *chant* à l'oiseau, pouvait
priver de la voix sa créature de prédilection.
Une tristesse qui me vint beaucoup plus tôt,
fut causée par l'indifférence apparente de mon
père que je ne connaissais pas. M. Furey
m'avait bien expliqué les événements qui
motivaient selon lui cet étrange abandon, mais
j'en tirais une conclusion tout opposée à la
sienne : Ma mère, fort avancée dans sa
seconde grossesse, avait, disait-il, éprouvé un
saisissement terrible, en voyant mon frère

aîné tomber des mains d'une servante, qui le
tenait à l'étage supérieur ; une saillie du balcon ayant accroché la blouse de l'enfant, il
sortit de l'aventure sain et sauf, mais ma
pauvre mère ne s'en remit jamais, et à deux
mois de là elle mourait, laissant derrière elle
un fils muet. M. de Brenne, très-impres-
sionnable, n'avait pu encore prendre sur lui
de revoir ce pauvre avorton, à la fois bour-
reau et victime, frappé de stupeur avant de
naître.

— Nous vaincrons sa répugnance, disait
Furey.

Moi, je ne parvenais pas à concilier cette
répugnance avec la prétendue sensibilité si
gratuitement attribuée à mon père. Sensibilité
me semblait alors synonyme de tendresse,
d'expansion, de charité. Plus tard, j'ai décou-

vert que certaines âmes qui s'attendrissent sincèrement sur un épisode de roman ou de théâtre, peuvent être absolument incapables de tendre la main à une détresse réelle, dont le spectacle froisse leur amour-propre et leurs nerfs.

D'instinct, j'étais peu attiré vers mon père ; en revanche, je ne me lassais pas d'interroger le guide qu'il m'avait choisi, sur mon frère Gérard, ni d'entendre l'éloge des qualités qui déjà le rendaient populaire à N***. Faisait-il une belle chasse ? brillait-il au bal de la sous-préfecture ?... c'était un succès, c'était une fête pour la ville entière.

— Que ne suis-je comme lui ? disais-je saisi d'émulation et oubliant qu'un de mes sens resterait à jamais fermé.

A l'idée d'être comme lui ne se mêlait

aucune envie, ce qui prouve peut-être, que je ne suis pas né méchant. Ce frère, cause involontaire de mon infirmité, le Benjamin de mon père qui n'avait pu se résigner à le mettre au collège, ce charmeur dont les espiégleries, les impertinences mêmes, avaient le secret d'amener un sourire sur les lèvres crispées de son précepteur, ne m'inspirait qu'un désir passionné de le connaître. On lui faisait croire que j'étais élevé à l'étranger, et j'avais reçu l'ordre formel de le laisser dans cette erreur. Ce fut sans doute à sa prière que le temps de mon exil fut abrégé.

Un beau soir, après la distribution des prix, lorsque je me disposais à entreprendre, comme d'habitude, quelque tournée instructive, j'appris que j'allais rentrer dans la maison paternelle pour ne plus la quitter.

1.

J'avais alors terminé mon éducation, c'est-à-
dire que je savais tout ce qu'on enseigne aux
Sourds-Muets à l'aide des signes et des figures
écrites, et que j'étais muni de la clef par laquelle
s'apprend tout le reste : j'aimais la lecture et
j'avais une excellente mémoire; enfin mes
voyages avaient développé en moi une dis-
position à l'enthousiasme, que la sécheresse
même de M. Furey ne parvenait pas à éteindre. Les gens de N*** ne m'en demanderaient
pas tant, au dire de ce dernier, qui enveloppait indistinctement les provinciaux dans un
souverain mépris.

N*** est un grand village d'origine fort ancienne, que l'absence de chemin de fer prive
de toute communication avec le dehors. Quoiqu'il soit peuplé à peine, les rares habitants
parviennent à se diviser en coteries hostiles.

Mon père se rattachait à la plus nombreuse, la noblesse. Depuis le xvie siècle, les Lefort de Brenne avaient compté parmi les présidents à mortier ou les conseillers du parlement de Bourgogne ; mon aïeul, le premier, troqua la robe contre l'épée ; mais son fils quitta le service pour se marier, et revint alors occuper la vieille demeure héréditaire, moitié hôtel, moitié château, ayant un pied dans la ville et l'autre dans la campagne.

Nous arrivâmes le soir. Le soleil se couchait sur les montagnes de l'Auxois, qui passaient par transitions imperceptibles du rose tendre au violet noir ; ses derniers rayons éclairaient merveilleusement la ville, échelonnée sur les pentes d'une colline boisée, que surmontent de belles ruines féodales.

Furey me proposa de mettre pied à terre

pour délivrer de notre poids les chevaux
fatigués, qui escaladaient à grand'peine des
rues étroites et tortueuses. Je marchai un quart
d'heure environ à ses côtés, répondant machinalement aux saluts qu'on nous envoyait.
Mon cœur battait très-fort, et je ne pouvais
plus dire si c'était d'impatience ou d'effroi.
J'allais enfin connaître mon cher Gérard et le
monde, mais quel accueil me réservaient et
le monde et Gérard? J'étais comme le papillon
aux ailes neuves, sur le seuil de sa prison
qui s'entr'ouvre, prêt d'émerger à la lumière, et qui hésite, ébloui, effaré, tenté de
rentrer dans la nuit, tant il a peur de l'inconnu. Ma respiration se suspendit tout à fait,
lorsque mon guide mit la main sur le mar-
teau d'une immense porte cochère, en me
faisant signe que nous étions chez moi. J'allais

défaillir, mais au même instant deux bras se nouèrent autour de mon cou, et de chauds baisers me couvrirent le visage. Quelques secondes s'écoulèrent avant qu'il me fût possible de jeter un premier regard sur mon frère. Il me parut beau comme un jeune dieu, d'une beauté qu'idéalisait certainement l'émotion et que je n'ai plus rencontrée chez personne. A peine âgé de dix-neuf ans, il me dépassait de toute la tête, et ses façons résolues, déjà viriles, contrastaient si visiblement avec ma timidité presque enfantine, que je ne me sentis nullement humilié de l'air de protection qu'il prit pour me conduire à mon père. Je n'avais pas même aperçu M. de Brenne quoiqu'il fût à deux pas, sur le perron qui conduit aux jardins : la bienvenue de Gérard m'avait fait oublier jusqu'à son existence, et je lui en demandai pardon du geste. Avec la perception vive qui se développe chez nous, comme l'ouïe, dit-on, chez les aveugles, et qui devient une faculté surnaturelle équivalant à la seconde vue, je devinai que ma pantomime lui avait été un spectacle fort pénible, car, avant de me tendre la main, il la passa sur ses paupières devenues tout à coup humides. Certes, ce n'étaient pas des larmes de joie; on ne pouvait les attribuer qu'à la pitié, ou plutôt, hélas ! à une révolte d'orgueil.

Je courbai la tête sous le reproche, comme s'il eût été articulé et que mon oreille eût pu le saisir; cette langue des yeux, la seule qu'il me fût donné d'entendre, mon père la parla dès notre première entrevue, avec une extrême cruauté.

Nous étions entrés dans le salon; par un mouvement qui me parut être le comble de l'éloquence, Gérard m'entraîna devant le portrait de notre mère, dont la main étendue semblait bénir la réunion de ses enfants, puis me ramenant vers une grande glace qui faisait face au portrait et le reflétait, il compara cette figure angélique avec la mienne qui en rappelait vaguement les lignes, puis enfin il souffla sur la glace, et dans la buée légère de son haleine, écrivit du doigt : — Nous nous ressemblons !

Je l'embrassai pour toute réponse. — Oui, je lui ressemblais comme la statue ressemble à l'homme, comme la mort ressemble à la vie; la flamme de jeunesse qui éclairait ses traits, se changeait sur les miens en une ombre de réflexion pensive, dont le contraste avec la

vivacité fébrile du geste était vraiment douloureux à observer; il était beau et moi j'étais
bizarre; on devait l'admirer et me plaindre.
Je lus cet arrêt sur la physionomie de mon
père, que le miroir trahissait sans qu'il s'en
doutât. Toutes les fois qu'il m'est arrivé de
plonger dans les sentiments secrets d'autrui,
je ne les ai presque jamais trouvés tels que
j'aurais souhaité les inspirer. Ceux de Gérard,
du moins, me furent toujours un livre bien
doux à lire; c'était du dévouement sans
mélange de compassion, car me trouvant
aimable, il ne pouvait admettre que je ne fusse
pas heureux. D'autre part, ma tendresse pour
lui ne connut point d'arrière-pensée. Parlait-il?
je me complaisais à voir les gens attentifs au
mouvement de ses lèvres, l'approuver, lui
répondre avec intérêt. J'ai vécu par mon frère;

mon âme se fondait dans la sienne, pour goûter des jouissances étrangères à mon organisation imparfaite. Grâce à ce miracle de magnétisme, j'ai senti souvent s'évanouir l'obstacle qui s'élevait entre mes idées et leur expression ; je me suis cru compris, aimé, heureux. Et lui, encourageant l'illusion qui me consolait, disait toutes les fois qu'il lui venait de bonnes et généreuses pensées, comme il en avait sans cesse ·

— Voici une inspiration d'Émile.

Nous nous complétions l'un l'autre.

II

L'hôtel que j'habite encore, était autrefois un château fortifié, construit en 1380 par

Pierre Le Fort, seigneur de Brenne. Comme il tombait en ruines après la Révolution, mon grand-père le fit démolir pour ne conserver que le mur d'enceinte et le donjon, classé parmi les monuments historiques. De chaque côté de la porte se présentent deux vastes corps de logis d'une simplicité moderne ; derrière, une trentaine de marches conduisent à des jardins en terrasse, dessinés à la française : il y en a quatre superposés pour ainsi dire, au moyen d'escaliers qui s'élèvent, d'espace en espace, jusqu'au sommet de la colline où apparaît le donjon. De cette tour carrée, haute de cinquante mètres, on domine les masses des grands et beaux arbres qui, couvrant le revers du coteau, s'étendent jusqu'à la rivière, pareille à un lac, tant elle est large en cet endroit. Au delà, se déroulent les ondulations rocheuses

des campagnes éduennes, où Vercingétorix
tint en échec les légions de César. Il n'est pas
un cours d'eau, un vallon, une montagne qui
ne rappelle la lutte des Gaulois pour leur
liberté. Jamais je n'ai pu contempler ce pittoresque amphithéâtre, sans ressentir quelque
chose de plus que l'admiration tout naturellement inspirée par un beau site, le transport
intime que cause la lecture d'une page d'histoire héroïque.

Mon père affectait une grande prédilection
pour sa résidence de N***. Il avait laissé subsis-
ter sur la porte, l'inscription tracée par un de
nos ancêtres, amateur de lettres latines :

Ille terrarum mihi præter omnes
Angulus ridet...

Et ne lui donnait pas de démenti; mais si

« ce petit coin du monde » lui plaisait en
effet « plus qu'aucun autre lieu, » ce n'était
point à cause de ses jardins suspendus, ni de
la paix profonde qu'on y goûtait, car il ne se
piquait point d'être pénétré de goûts champêtres. Je le vis souvent bâiller en se promenant sous les mélèzes de l'avenue, comme si
le vert des forêts, l'or du couchant et autres
balivernes poétiques eussent fourni des thèmes
à son ennui au lieu de l'en distraire. Je crois
qu'il lui fallait les passe-temps plus positifs et
plus variés d'un homme du monde qui, durant
toute sa jeunesse, avait été un homme à
bonnes fortunes, et dont la jeunesse se prolongeait de façon à faire illusion aux autres et
à lui-même.

J'ignore s'il avait des convictions morales
ou même de l'esprit ; il ne daignait être quel-

que chose que pour le public. Son amabilité,
son mérite étaient comme un habit de parade,
que soit dédain, soit nonchalance, on n'en-
dosse pas dans l'intimité. Ses succès sur des
scènes frivoles l'avaient empêché de tendre
jamais à rien de sérieux; cependant l'ambition
lui était venue avec un premier et tardif che-
veu blanc; s'il se condamnait à passer huit
mois de l'année à N***, ce n'était pas sans
motif. Revêtir sa maturité de la livrée politique, lui semblait être un couronnement de
carrière d'assez bon goût. Le gouvernement
n'avait point ses sympathies; n'importe! d'anciens serviteurs de la dynastie tombée n'eurent
pas de peine à lui prouver qu'une demi-récon-
ciliation avec les idées du jour est compatible
avec la fidélité qu'on garde à celles de la
veille. Mon père s'était cru, dès que cette

fantaisie lui avait traversé la tête, sûr de tous
les suffrages; mais il trouva de rudes adversaires dans le camp des bourgeois auxquels il
n'avait pas pensé; les votes se ressentirent de
cette influence hostile; deux élections se succédèrent sans lui apporter autre chose qu'un
déboire. Il ne se découragea pas, et bien con-
seillé par sa finesse, flatta l'ennemi qui vit
avec surprise s'ouvrir devant lui un salon
jusque-là fermé à la roture. Dîners, récep-
tions, courbettes au préfet, largesses habile-
ment répandues, M. de Brenne n'épargna
rien, il accorda même la permission longtemps
refusée de livrer deux fois la semaine son
parc à la curiosité des visiteurs, et se brouilla
résolûment avec deux ou trois vieux amis qui
ne lui pardonnaient pas ces sacrifices, récom-
pensés d'ailleurs par l'estime générale. L'année

de mon retour le vit représenter dans l'arène parlementaire les intérêts de sa province. Nous entrâmes à Paris en triomphateurs. Il faut que je m'y sois senti bien malheureux pour l'avoir fui si vite, laissant mon frère derrière moi. Pourtant les premiers jours s'étaient écoulés agréablement ; on ne connaît point Paris pour y avoir été emprisonné douze ans sous les verrous d'une pension ; j'étais comme au spectacle, jouissant de cette fête des yeux, qui se présente à chaque pas sans qu'on la cherche, et je trouvais délicieux de n'être plus le point de mire de notre petite ville. Mais j'éprouvai bientôt une humiliation non moins cuisante : l'isolement au sein de la foule, la situation du paria qui, ayant en lui les désirs, les goûts, les passions d'un homme, ne peut les exprimer qu'à la manière des animaux. Combien de

fois je regrettai le temps barbare où mes
pareils s'éteignaient dans les ténèbres d'un
couvent, sans avoir subi le supplice de Tantale
qui naît d'une incomplète et fausse initiation à
l'existence commune! Les paysans ne se mettaient plus aux portes pour me regarder passer
d'un œil curieux, mais j'attristais une réunion
par ma seule présence, je restais étranger aux
émotions, aux intérêts des autres. Tantôt j'aurais voulu leur demander à genoux ma part de
ce fruit défendu ; plus souvent je leur souhaitais à tous d'être aussi malheureux que moi-
même. Je devenais méchant. Lorsque, ignorant que je ne pouvais entendre, on s'obstinait
à me parler, j'étais tenté de répondre à cette
insistance comme à une insulte. J'en voulais
presque autant à celui qui faisait cesser ce
quiproquo pénible , car je devinais qu'il

m'avait nommé : — le muet ! Un salut embarrassé, une ridicule pantomime d'excuse, et on
me laissait seul, — toujours seul ! Du moins,
dans nos grands bois déserts de N*** je n'avais
pas de pareils combats à soutenir.

Séparé par l'activité de la vie sociale du
seul ami que j'eusse, mon frère, je songeai
enfin que l'aspect des choses inanimées, de la
nature extérieure qui ne m'avait jamais traité
en marâtre, valait mieux pour moi qu'un
monde où j'étais condamné au rôle éternel de
spectateur, et je pris la résolution de retourner à N... Mon père la trouva fort sage. Je
me rappelle encore l'air de soulagement avec
lequel il me vit partir en compagnie de
Furey. Celui-ci ne me pardonna jamais d'avoir
interrompu un aride travail sur la géologie
de la Genèse, qu'il poursuivait à la Bibliothè-

que royale, avec une patience de bénédictin :

— Pourquoi n'est-il pas muet? m'étais-je demandé souvent, le voyant occupé à reconstruire un parchemin illisible, les doigts dans les oreilles afin de n'ètre point troublé. N'est-ce pas un bien perdu pour lui que cette faculté qui permet d'écouter, de se divertir, d'échanger avec ses semblables sentiments et pensées?

Et je regardais Furey, comme s'il eût possédé un trésor qui se pùt voler.

III

Dorénavant, à la grande satisfaction de mon père, j'imagine, ni prières ni remontrances ne

me décidèrent à prendre mes quartiers d'hiver
à Paris. Je ne pouvais me défendre de quelque remords en présence de la mine piteuse
de mon compagnon de chaîne, quand arrivait
la saison ordinaire de ses courses à travers la
Sorbonne et le collége de France ; du moins
la compensation d'une liberté absolue lui était-
elle accordée pour suer sur les révolutions
générales et les cataclysmes du globe. Je
l'avais à peu près débarrassé du rôle d'interprète, les visiteurs, que leur penchant à l'in-
vestigation ou une bienveillance mal entendue
amenait chez moi, étant presque tous écon-
duits. Il n'en persistait pas moins à trouver N***
le plus maussade de tous les séjours. Pour le
lui faire aimer, il fallut une circonstance
imprévue qui me prouva du même coup la
bonté de son cœur. Jusque-là je tenais peu à

lui comme à tous les biens qu'on se croit assurés. Sa présence m'était pourtant indispensable. Je le compris lorsqu'il me dit un soir : Je pars.

Il ne me le dit pas ainsi, brusquement. Pendant des semaines entières, son humeur inégale, des demi-mots, un zèle extraordinaire à me servir m'étonnèrent, mais sans me préparer. Je finis enfin par apprendre que sa sœur, dont il se souvenait à peine, n'ayant conservé avec elle aucune relation depuis ce mariage qu'il appelait une faute, lui avait recommandé en mourant un enfant désormais sans ressources ni protection. — On conçoit comment fut acceptée cette tutelle ! Bien que je l'eusse surpris sanglotant en cachette sur les deux ou trois lignes d'une écriture défaillante, qui représentait le testament de mistress Sinclair, Furey tempêta, autant que le permettaient ses habitudes pacifiques et chrétiennes, contre le neveu ou la nièce qui lui tombait des Indes, contre la nécessité surtout de me quitter pour aller surveiller son débarquement. L'ignorance où il était de l'âge et du sexe de ce pupille malencontreux ajoutait à sa perplexité.

— Anglais et négrillon tout ensemble, gémissait-il; hérétique comme son père, très-probablement!... Le fils d'un *habit rouge* né peut être rien de bon. Qu'en ferons-nous, je vous le demande?

Je dois dire à sa louange que l'idée ne lui vint pas d'éluder ce devoir épineux.

Tandis que dans des alternatives de mauvaise humeur et de résignation, il attendait avis de l'arrivée du *packet* à Southampton, nous

2.

vîmes un matin par la fenêtre de la bibliothèque, déboucher de cette longue allée qui conduit à la porte du parc, une toute petite personne coiffée d'un grand chapeau de paille
à bords rabattus et entièrement vêtue de
noir. Sa tête brune et pâle ne me rappela
aucune des figures du pays ; cependant, lorsqu'elle la leva vers nous d'un air interroga-
teur, Furey bondit, frappé de surprise et visiblement très-ému. L'étrangère s'approcha du
balcon, et rougit jusqu'aux yeux en mettant
sa main dans celle qu'il lui tendait. Notre
prétendu neveu se trouvait une fille ! Deux
secondes après, elle était assise sur le canapé
que voici. Furey prenait son sac, dénouait
son chapeau, l'appelait Nelly, du nom de sa
mère, tant ces traits fins et cette taille mignonne lui rappelaient une sœur qu'il avait

aimée tout en la condamnant. La pauvre
enfant ne savait guère quelle contenance
tenir; elle se confondit en révérences, expliqua probablement que traverser la Manche, et
faire quelque cent lieues par le chemin de
fer et en diligence, n'est que bagatelle pour
qui arrive de Calcutta. Il lui avait paru plus
simple de venir trouver son oncle que de le
déranger en l'appelant à elle. Furey me répéta les remontrances, au moins intempes-
tives, qu'il lui fit à son tour, sur une indépendance d'allures qu'on ne tolère pas en
France. A mesure qu'il énumérait sévèrement
les dangers qu'elle aurait pu courir, la petite
ouvrait de grands yeux ébahis. Enfin, se tournant vers moi :

— L'embarras est encore plus grand que
je ne le supposais, dit-il, découragé. Elle

m'assure avoir quinze ans ; je préférerais
un gamin du même âge. Voyez-vous d'autre
ressource pour elle que d'entrer au couvent ?

— En attendant le couvent, faites-lui préparer une chambre ici, car elle doit tomber
de lassitude.

Je ne croyais pas dire si vrai ; pendant
notre colloque, miss Sinclair avait enfoncé son
coude dans les coussins du divan ; et, le front
incliné, ses cheveux tout cendrés de la poussière de la route, retombant sur son visage
comme un voile, elle dormait. En la voyant
dans cette pose, je pensai au petit oiseau qui,
sans souci de la branche où il perche, la tête
sous l'aile, ferme les yeux.

Dès le lendemain, l'oiseau était en cage,
confié à la directrice du meilleur pensionnat
de N*** et je ne le vis plus qu'à de rares in-

tervalles, mais son passage marqua comme
un événement dans mon existence monotone.
Pour la première fois, j'eus quelque chose de
nouveau à conter, en réponse au journal que
Gérard m'envoyait de ses faits et gestes. — Ce
journal avait été si longtemps mon unique
distraction ! Il constatait, il faut bien l'avouer,
les plus grandes extravagances, car notre
enfant gâté, à Paris, la bride sur le cou,
prenait volontiers des habitudes de dissipa-
tion. Défendu par sa légèreté même contre
les entraînements romanesques, il cédait plus
facilement aux caprices qui ne durent qu'une
heure et se soldent par les mains d'un ban-
quier. Mon père ne haïssait rien tant que faire
de la morale ; il lui semblait plus simple d'être
le camarade de son fils. Et moi, au lieu de
blâmer, je me disais :

— Qu'il se ruine ; n'a-t-il pas mon inutile fortune à jeter aux vents après la sienne ? Qu'il s'amuse pour lui et pour moi qui ne m'amuserai jamais !

Je lui répondais de façon à ce que mes regrets ne se laissassent pas deviner :

— Ton vin de Champagne me grise ; tu m'as tout étourdi par le récit des folies auxquelles nous entraînent nos vingt ans ; je ne me serais jamais cru si criminel et suis fier d'être à mon insu le mauvais sujet que tu dépeins. Combien notre biographie deviendra intéressante, si nous continuons l'un à inscrire les jours de jeunesse et de soleil, l'autre les jours de brouillard et de raison ! Mon cher double, je t'envoie une partie de ma gaieté à dépenser là-bas et mon cœur tout entier à garder pour toi seul. Acquitte-toi bien du mandat.

IV

L'année de ma majorité est restée dans mes souvenirs comme la plus désolée de toutes, une seule exceptée, qui semble n'avoir pas eu de fin, car mon deuil est toujours d'hier.

Les chasses, les soupers, les sauteries se succédèrent cet automne-là, au château de Belles-Aigues, chez la baronne de Mareuse, tutrice depuis peu d'une jeune parente, et à l'étonnement de tous et de moi-même, je m'élançai dans ce tumulte mondain avec une sorte de frénésie. Si farouche jusque-là, je ne connaissais plus de plaisir comparable à celui de passer la soirée au milieu d'un cercle de

femmes enfouies dans les dentelles, les tulles
et les fleurs, si coquettes que parfois l'une
d'elles daignait l'être avec moi, comme si
j'eusse été un cavalier acceptable. A la chasse,
je ne m'écartais guère du char-à-bancs de
madame de Mareuse ; j'avais des aspirations
pleines d'espoirs inquiets vers l'avenir, auquel
naguère j'évitais de songer, le sachant condamné d'avance ; le repos m'irritait ; les
journées que je ne passais pas à Belles-Aigues
étaient des journées perdues, et une figure,
toujours la même, hantait mon sommeil avec
une telle persistance, que souvent je fermais
les yeux, dans le seul but de la retrouver.
Cette figure était correcte comme une médaille
grecque, d'une pureté de teint qui faisait
penser aux types du Nord, pétris de neige et
de soleil pour rayonner dans les brumes de

leur patrie, plus frappante que séduisante, disaient ceux qui ne l'aimaient pas, qui plutôt prétendaient ne pas l'aimer, par dépit ou par bravade : qui donc aurait pu n'être pas amoureux de mademoiselle de Mareuse? Elle s'appelait Laure. Ces cinq lettres, brodées sur un mouchoir que longtemps j'ai porté, me semblaient avoir des significations que n'eurent jamais lettres écrites; elles étaient pour moi synonymes de toute beauté; j'y découvrais chaque jour le secret d'un nouveau charme.

Furey ayant osé à propos d'elle estropier le vers de la fable :

« Belle tête... Mais de cervelle point. »

Je le pris en aversion. Était-il possible que ce corps parfait ne servît pas d'enveloppe

3

à une âme digne de lui? Mais comment le
savoir? Jamais, par signe ni par écrit, mademoiselle de Mareuse n'avait daigné converser
avec moi. Était-ce mépris? timidité? Cette
dernière hypothèse ne se conciliait guère avec
des allures de Bradamante, très-hautaines,
mais qui ne l'empêchaient pas d'accepter les
hommages, ni même, comme je m'en aperçus
dans la suite, de les provoquer. Parmi tous
les jeunes gens qui l'entouraient, j'étais le
seul qu'elle parût fuir, presque redouter; il
lui arrivait de pâlir lorsque j'approchais
d'elle.

Eh bien! si je ne craignais de laisser entrevoir une fatuité incompatible avec ma situation, j'avouerais que cette manière d'être
exceptionnelle ne me blessait pas trop, et que
je la préférais à l'accueil banal que recevaient

indistinctement mes rivaux.. Mes rivaux! ce
mot m'est échappé. Oui, j'étais d'une fatuité
ridicule. Pourquoi ne m'aurait-on pas aimé
un peu? Moi, j'aimais tant! Raisonnement
d'enfant! Est-ce que l'amour, au lieu de l'at-
tirer, ne chasse pas souvent l'amour?

Dans le salon de mon père, un groupe
s'était formé autour d'Elle; on insistait, on
priait, et elle secouait obstinément la tête,
avec un sourire qui disait oui. Que pou-
vait-on lui demander? Mon frère prononça
un mot, je ne sais lequel, mais l'effet en fut
magique. Mademoiselle de Mareuse rougit légèrement, et prenant la main qu'il lui présen-
tait, marcha droit au piano. Il y eut un va-
et-vient de fauteuils, puis un recueillement
général. On attendait une fête à laquelle je ne
pouvais être convié. Perdu dans l'embrasure

d'une croisée, je regardai tandis que les autres écoutaient. Commé ses doigts couraient légèrement sur le clavier ! La tête renversée de telle sorte que ses prunelles limpides disparaissaient presque sous la frange des paupières, elle semblait évoquer quelque dieu invisible qui descendit amoureusement vers elle. Laure me tournait le dos, mais chaque fois qu'elle rejetait en arrière par un mouvement du col, ondoyant comme celui d'un beau cygne, les lourdes masses de ses cheveux, je voyais avec surprise ce profil de marbre s'éveiller à l'émotion, son sein se soulever et s'abaisser avec la nuée de mousseline qui le couvrait, ses lèvres trembler sur un éclair de nacre, de moites clartés baigner son front ; elle daignait soupirer, s'attendrir, être femme, mais une femme si

divinement belle que je craignais à chaque
instant qu'un souffle supérieur ne l'emportât
dans les cieux. C'était sainte Cécile et c'était
Corinne, ou plutôt la muse elle-même. Je ne
saurais décrire ces dix minutes courtes comme
une seule, et qui renfermèrent l'éternité. Je
rêvai ce que je ne pouvais entendre ; j'em-
pruntai des comparaisons aux splendeurs du
soleil, aux lueurs du crépuscule, à l'infini
étoilé, au flux solennel de la mer, à la fraîche
influence de la rosée. Parfums, poésie, lumière, tout ce que je connaissais déjà de doux
et de terrible et mille autres sensations innom-
mées, se fondirent pour moi dans une ivresse
qui, comme celle du hatchich, embrassait
également l'âme et la matière et que j'appelai
le *chant*. Je ne m'étonnai plus, me sentant
frappé de ce souffle mystique, qu'il eût, aux

temps fabuleux, dompté les tigres, ému les
pierres mêmes ; dans de pareilles mains, la
lyre eût accompli de plus grands prodiges. Et
je ne m'exaltais pas seul ; toutes les physio-
nomies, jusqu'aux plus vulgaires, reflétaient
un ravissement intime et profond ; chose
merveilleuse que des personnalités si dissem-
blables fussent visitées à la fois par le même
esprit ! On eût dit que mademoiselle de Mareuse leur parlait une langue surhumaine dont
chaque mot était une volupté. Gérard, plus
ému que les autres, roulait machinalement,
dans ses doigts, la chaîne chargée de médaillons, qu'elle avait, avant de se mettre au piano, détachée de son bras pour la lui confier,
marque de préférence dont j'étais aussi fier
que jaloux.

Lorsqu'elle se leva, il fut le premier à la

complimenter. Il y avait tant à dire pour
remercier Laure d'être si belle! Des expres-
sions qui n'ont certainement de synonymes
dans aucun idiome parlé, me montaient en
foule au cerveau. Tout à coup il me vint un
grand courage ; je traversai rapidement le
salon et saisis la main de mademoiselle de
Mareuse pour la porter à mes lèvres. Sans
doute, dans ce mouvement, je mis une vivacité insolite ; ce que son visage exprima, je ne
l'oublierai jamais. Une bête fauve, un fou n'eussent pas été repoussés avec plus d'horreur.

Je me sentis défaillir sous l'humiliation qui
m'écrasait et gagnai la porte en chancelant.
Arrivé dans ma chambre, j'eus un accès de
honte, de désespoir, d'exaspération nerveuse,
qui se traduisit sans doute par des cris dont
je ne fus pas maître, car mon frère entra tout

effrayé. Il voulait appeler au secours, je l'en empêchai, mais je ne pus l'empêcher de même de passer la nuit à mon chevet. Le croiriez-vous? sa vue me faisait un mal affreux; il me semblait le haïr!

J'eus une grosse fièvre, pendant laquelle les soins de Gérard ne se démentirent pas; j'aurais préféré mille fois ceux de Furey, mais depuis plusieurs jours déjà le pauvre homme nous avait quittés. Sa petite nièce, après avoir fait le désespoir de la directrice du pension-nat, par un entêtement, une indolence et une sauvagerie taciturne dont on ne pouvait venir à bout, était tombée gravement malade aux approches de l'hiver, le premier qu'elle eût connu. A mesure que les feuilles se déta-chaient des branches, que la nature s'effaçait sous le brouillard, le spleen l'envahissait. Il eût fallu quelque transition douce entre l'atmosphère de feu qu'elle quittait et la glaciale humidité de nos vallées. Les médecins désignèrent une ville du Midi où son oncle, en présence d'une alternative de vie ou de mort, ne put se refuser à la conduire.

J'ai pensé depuis que ce vieillard était le génie protecteur de la maison, car après son départ la destinée nous frappa sans trêve. Le premier coup me fut porté par mon frère, qui cruellement, à brûle-pourpoint, m'annonça son intention de demander la main de mademoiselle de Mareuse. Je savais trop qu'il l'adorait, mais l'idée de voir en elle sa femme, de vivre constamment et familièrement auprès d'eux, inaperçu, dédaigné, ne m'avait pas même traversé l'esprit. Cette confidence l'y enfonça comme un trait de feu,

3.

et Gérard s'aperçut bien de ma souffrance,
car il m'en demanda le motif avec une curiosité persistante qui acheva de me torturer.
Je voulus lui persuader que c'était seulement
la crainte de n'être plus en première ligne
dans ses affections, mais je crois aujourd'hui,
— et il y a pour moi dans cette conviction
une source de perpétuels remords, — que
déjà, depuis longtemps peut-être, sa clairvoyance avait tout deviné.

Pourtant il feignit d'accepter mon mensonge et me rassura en plaisantant.

Le lendemain une révolution véritable éclata
dans la maison et dans toute la ville ; au
retour d'une visite de mon père à madame
de Mareuse, lorsqu'on lui donnait certitude
entière d'être agréé, Gérard avait déclaré son
projet de prendre du service. M. de Brenne

eut beau s'indigner, crier à l'impossible, passer des exhortations aux menaces, tous ses efforts se brisèrent contre un enthousiasme subitement éclos pour l'état militaire, le besoin d'illustrer son nom, de courir le monde, — de vivre enfin ! (Ce mot me revint souvent depuis comme une ironie amère.) « Laure était une femme élégante certainement, elle avait soixante mille livres de rente, ses terres touchaient aux siennes, mais il était bien jeune pour faire cette fin-là. »

— Je suis impropre à tout travail utile, disait Gérard, la province m'ennuie; je me connais... Oisif à Paris, je continuerais à faire des sottises. Si mademoiselle de Mareuse veut me laisser le temps de gagner un bout de ruban rouge, elle me retrouvera digne d'elle.

La lutte fut longue. Tendresse alarmée, orgueil, dépit de voir son autorité méconnue, tout se réunissait pour arracher mon père à son immuable froideur. Avant d'accorder un consentement furieux, il en vint à supplier. Gérard fut inflexible, et moi, misérable, j'eus tant de joie de voir manquer ce mariage, qu'il ne resta presque pas de place dans mon âme au chagrin de le perdre. Ce fut lorsqu'il se jeta une dernière fois dans mes bras, que je soupçonnai l'héroïsme de son sacrifice.

V

Pauvre enfant! L'avenir qu'il avait peut-être rêvé glorieux fut bien court! La guerre

l'appelait en Afrique et la première balle
devait être pour lui. Il ne survécut pas à sa
blessure le temps de nous envoyer un adieu.
Tout ce qui revint de lui fut le petit médaillon
avec nos chiffres entrelacés qu'il portait toujours sur sa poitrine.

Mes chagrins n'ont jamais été tamisés,
amortis par des consolations ni des ménage-
ments. Celui-ci m'atteignit lorsque j'affirmais
à Gérard, qu'à son retour il ne me trouverait
plus amoureux. Sa brusque résolution, ce
départ, cette preuve suprême d'amitié avaient
anéanti ma passion. Il semblait que des écail-
les fussent tombées de mes yeux. Je revoyais
sans aucun trouble mademoiselle de Mareuse,
je l'observais en juge désintéressé, je lui
découvrais des défauts, avec une vague

inquiétude pour le bonheur futur de son fiancé. -
Au moment où j'écrivais :

« Reviens dès que l'honneur le permettra
et pardonne-moi ma folie, j'en suis guéri, je
te le jure; » ce gage funèbre d'outre-tombe
me fut remis : un médaillon brisé, un ruban
taché de sang... La vérité implacable m'avait
frappé au cœur. Je ne sais plus ce qui arriva.

. . . . ,

En me réveillant sur mon lit, j'aurais cru à
un cauchemar, si Furey, prévenu en toute
hâte, Furey hideux de désordre et de douleur,
ne se fût trouvé là. Ce corps inanimé lui
représentait celui de Gérard (ai-je dit que
notre ressemblance physique s'était déve-
loppée jusqu'au prodige?) et l'hallucination
avait été si complète qu'il fit, en me voyant

ouvrir les yeux, un mouvement de joie aussitôt suivi d'une nouvelle explosion de désespoir ; ses yeux à *lui* ne s'ouvriraient plus !

M. de Brenne envoya demander de mes nouvelles, n'ayant pas le courage d'affronter l'épouvantable similitude de traits et de physionomie qui lui montrait en moi le spectre de son fils. Il fallut le service funèbre pour nous réunir. Hélas ! nous ne pouvions rendre au pauvre corps absent que le simulacre des derniers devoirs !

Je me rappelle que l'église était pleine de monde et ma pensée bien loin de l'église, sur un champ de bataille où Gérard gisait, en m'appelant d'un dernier soupir. Je me rappelle aussi que mademoiselle de Mareuse, à peine pâlie sous des voiles de crêpe, tournait tranquillement les pages de son livre d'Heures.

On la trouva convenable. Moi, j'aurais voulu meurtrir ce visage impassible, faire couler son sang en même temps que ses larmes. Ne l'avait-elle pas tué? Mais non, le coupable, le meurtrier, Caïn, c'était moi !

A genoux auprès de Furey, j'aperçus encore une jeune fille en pleurs, comme si toutes ces pompes lugubres l'eussent ramenée aux premiers jours de son deuil d'orpheline.

M. de Brenne se contenait assez pour n'oublier aucun détail de décorum, distribuant les saluts à des indifférents avec sa grâce habituelle, mêlée d'une gravité de circonstance qui réprimait comme malséante toute démonstration naturelle ; il devait bien souffrir ! Plusieurs personnes, en lui témoignant leur sympathie, me jetèrent un coup d'œil de reproche qui voulait dire :

— Que la mort n'a-t-elle pris celui-ci ?

Et mon père ne parvenait pas à dissimuler une expression d'amertune involontaire que je surpris chaque fois. Ses réflexions étaient les miennes. A quoi étais-je bon ? Et pourquoi le bras qui foudroie le jeune chêne ombreux et vivace épargne-t-il, sur le tronc renversé, un pauvre brin de gui stérile ?

Une croix, destinée à perpétuer la mémoire de Gérard de Brenne, mort à vingt-quatre ans, fut plantée dans le cimetière. Mon père déclara que ma vue et celle de ce monument funèbre lui étaient un supplice, et partit pour Paris. Auparavant, il jugea opportun de me rendre compte de l'héritage de ma mère et, par une transaction que je lui proposai, la vieille maison de N*** devint ma propriété. J'y voulais rester enchaîné par ces mêmes sou-

venirs qui l'accablaient. A un an de là, il
épousa mademoiselle de Mareuse. Les convé-
nances de ce mariage demeuraient les mêmes.
Mademoiselle de Mareuse n'avait-elle pas une
grande fortune et du crédit par ses alliances?
Mon père voulait une femme à la mode pour
tenir son salon; quant à Laure, elle avait
résolu d'être madame de Brenne; elle le fut.
La couronne de marquise remplaça celle de
comtesse. Ce n'était point perdre au change.

VI

Un roman s'arrêterait ici, mais je raconte
l'histoire de ma vie, et au contraire c'est ici

qu'elle commence. Quoi! tout n'était-il pas fini?

Je demanderai à ceux qui s'indignent, s'ils ont rien connu d'impérissable : regret, souvenir, sentiment quel qu'il fût, l'égoïsme excepté? si le fleuve détourné de son cours se tarit? si la plante brisée se dessèche? Non; il se creuse un nouveau lit, elle se redresse sous la première goutte d'eau qui la ranime; de même l'âme la plus ulcérée est tout étonnée de se réveiller un matin presque guérie. Preuve navrante de notre petitesse, bien faite assurément pour inspirer le dégoût de soi-même! Mais qui ne l'a constatée? Tel s'est écrié de bonne foi : — Je suis blessé à mort! — qui le lendemain se porte à merveille.

Je parle avec cette légèreté de la douleur humaine, parce que j'en ai le droit, ayant été

plus malheureux et moins tôt consolé qu'un
autre. Autant passer sous silence une tentative
de suicide qui échoua, fut ridicule par conséquent et que j'eus le courage ou la lâcheté de
ne pas renouveler. Mes facultés avaient fléchi,
ma santé s'étiolait, mais je vécus, — je vécus
avec une idée fixe qui côtoyait la folie ; le
monde avait sombré, disparu.

Les six mois qui suivirent me semblent de
loin, quand je m'y reporte, avoir passé avec
une rapidité invraisemblable ; cela vient,
autant que je puis m'en rendre compte, de ce
qu'ils ne furent marqués d'aucun événement,
et qu'un même thème vibra sans cesse dans
mon esprit. Je ne sortis pas, je ne vis personne, je laissai couler le temps sans m'apercevoir même du changement des saisons. Mon
plaisir était de me couvrir des habits de

Gérard et de rester devant la glace de sa
chambre, absorbé dans ma propre contem-
plation. Je retrouvais sa figure. Quant à son
âme, elle m'habitait, j'en sentais l'influence
permanente.

On conclut généralement que j'avais perdu
la raison. Ce bruit arriva jusqu'à M. de Brenne, qui daigna venir s'assurer lui-même de
mon état, avec l'intention suggérée par ma
belle-mère, comme je le sus plus tard, de
m'enfermer dans une maison d'aliénés ; mais il
lui parut que j'étais assez calme pour demeurer
sous la surveillance de Furey, et il repartit bien
vite. Après trois jours passés en sa compagnie, à écouter ces non-sens que les gens qui
commencent à oublier distribuent, sous forme
de recettes de résignation, à ceux qui sont
encore au vif de la souffrance, je trouvai

certaine douceur au tête-à-tête avec un gardien morose, inhabile à me distraire, mais incapable aussi de me troubler. En somme, les regrets de Furey ne différaient des miens que par l'expression. Tandis qu'abîmé dans mon inutilité, je blasphémais et divaguais, il se plongeait dans ses livres. Chacun à notre manière, nous traitions la même maladie : je me complaisais dans la mienne ; lui, luttait et donnait au devoir la première place, quand même. Ce devoir se compliquait singulièrement, puisque sa nièce avait refusé de rentrer en pension et montrait moins que jamais de goût pour la vie religieuse. Ne pouvant se débarrasser d'elle, ne voulant se séparer de moi qu'il aimait comme un reflet de Gérard, il avait cru tout concilier en louant à l'entrée de la ville une maisonnette où miss Sinclair, dans

une complète solitude et une entière liberté,
régnait sur des fleurs, des poules et une mari-
torne bourguignonne.

Je ne sais quel prétexte futile l'avait amenée,
le matin que je la rencontrai dans le parc,
examinant tout avec des ébahissements de
jeune sauvage. Elle cueillait, j'imagine, pour
ses oiseaux, des graminées introuvables ailleurs. Ma vue ne l'effaroucha nullement, car le
trait principal de ce caractère dont je connus
depuis toutes les nuances adorables, était la
confiance : confiance en la bonté de Dieu,
confiance dans la bonté des hommes, ni l'une
ni l'autre ne lui ayant jamais fait défaut; aussi
avait-elle toute seule, avec une hardiesse qui
n'était pas dans sa frêle nature, affronté les
périls d'un long voyage en mer; toute seule et
la main affectueusement ouverte, elle s'était

présentée à un tuteur inconnu, dont elle ignorait les dispositions favorables ou hostiles.
Comment les plus mauvais n'auraient-ils pas
été bons pour elle? Son regard franc savait si
bien supplier, caresser, remercier l'amitié qui
venait à elle irrésistiblement séduite. Je n'ai
jamais connu d'attrait pareil à celui de ce
grand œil gris coupé en amande, qu'assombrissait l'émotion et que la gaieté baignait
d'azur. J'eusse défié celui qu'il interrogeait de
pouvoir mentir, et quand il s'arrêtait sur vous,
une incroyable sérénité descendait dans l'âme
la moins paisible. C'était, avec sa chevelure
luisante d'un noir bleu, la seule beauté de
cette Anglaise dont le soleil asiatique avait de
bonne heure ambré le teint, décoloré les lèvres
et arrêté le développement physique. Tout en
elle était gracieux pourtant, d'une grâce à la

fois languissante et enfantine. Je m'habituai
peu à peu à la voir dans un coin de la bibliothèque, le dimanche, son Nouveau Testament
sur les genoux. Insensiblement je lui permis
de me rendre mille petits services d'obli-
geance. Je trouvai un parfum particulier au
bouquet de violettes que chaque matin elle
déposait sur la table de travail — à l'intention
de son oncle ou à la mienne? — je n'en sus
jamais rien. Mes livres, mes papiers étaient en
ordre; cette prévoyance féminine que rien ne
remplace, réglait et charmait tout autour de
moi. Jane ne paraissait ni me plaindre ni
même s'apercevoir que je ne fusse pas un
homme semblable aux autres, mais elle s'était
mise avec une merveilleuse intelligence à étudier le langage des muets. Enfin je me surpris un jour, impatient, devant la pendule, à

4

l'heure accoutumée de sa visite, et sous une
apparence de badinage , je lui adressai le
reproche sérieux de trop égayer la maison.
Mon existence , constamment emportée naguère vers les régions immatérielles, où il
semblait qu'une partie de moi-même eût suivi
Gérard, retombait doucement sur la terre et
s'y trouvait bien. Je recommençais à marcher
dans la voie humaine sans y rencontrer les
mêmes épines. Étais-je capable, moi aussi,
d'oublier, d'arriver à la honteuse philosophie
de l'égoïsme? Non, ce n'était pas l'égoïsme,
mais une nouvelle affection qui s'insinuait et
comblait le vide à mon insu.

— Voulez-vous donc rendre mon frère
jaloux? disais-je à Jane.

— Ma mère a bien d'autres sujets de jalousie contre vous, me répondit-elle avec le

calme pénétrant qui lui donna depuis tant d'ascendant sur moi. Je me sens si heureuse ici !

Et il fallait peu de chose à Jane pour se sentir heureuse : l'église où elle allait s'entretenir avec les êtres chéris qu'elle ne devait plus revoir, le jardinet où elle semait des plantes, fabuleuses dans notre Europe stérile, et dont elle attendait avec une anxiété que n'éteignait aucune déception, l'épanouissement impossible, un peu de ciel bleu, deux amitiés dans lesquelles son cœur se prodiguait, sans exiger qu'on lui rendît autant qu'il donnait. Si une Laure de Mareuse lui eût parlé du séjour des villes, de coquetterie, de frivolités, elle eût certainement répondu : A quoi bon user le temps? On en a si peu pour être utile et se dévouer !

VII

Peu à peu les visites de Jane devinrent plus rares, puis elles cessèrent presque complètement. Cette rose de serre n'était pas encore si bien acclimatée qu'elle pût braver le froid sans danger. Elle resta de longues semaines d'hiver enfermée chez elle, et la nostalgie indéfinissable qui m'obsédait avant de la connaître reprit aussitôt la place qu'elle laissait vide. L'ennui me ramenait par une pente irrésistible à la crise aiguë de ma douleur, à des découragements et à des révoltes que depuis longtemps je croyais avoir dominés.

Je relisais alors *le Lépreux*, de M. de Mais-

tre. Mais *le Lépreux*, quoique retranché comme
moi du nombre des vivants, trouve du charme
au chant de la brise dans les noisetiers de son
jardin, à celui des jeunes filles qui passent, à la
pieuse voix de sa sœur invisible, au murmure
lointain et confus de la joie, et je me prenais
à l'envier. Furey me rencontra souvent dans
le parc, assis près du grand escalier encadré
de rochers, sur lequel retombe un jet d'eau
et que surmonte un sphinx en marbre, demandant ce que doit être la douceur, la tendresse,
l'harmonie dans le son, à cette cascade dont
l'éternelle agitation semblait me railler, tandis que l'immuable sourire du sphinx répé-
tait : — Cherche et devine !

Il me prenait par le bras :

— A quoi bon, mon pauvre enfant, à quoi
bon ?

4.

Ou bien il épuisait les exhortations d'obéissance aux décrets cachés du Seigneur.

Il est naturel de compter sur le ciel lorsque la terre nous fait défaut, mais l'esprit dogmatique et dominateur qui, chez Furey, trahissait l'ancien séminariste, loin de m'affermir dans des sentiments religieux qui longtemps furent mon soutien, m'en avait presque détaché. Je lui marquais avec emportement que je n'étais pas d'âge, d'humeur ni de vertu à me résigner.

— Alors, travaillez !

C'était selon lui le remède à tout. Il aurait voulu m'inspirer de l'ambition, me donner foi dans des talents que je ne possédais pas. Je haussais les épaules. Parler de supériorité quelconque à qui n'a qu'une ambition irréali-

sable, — être comme tout le monde, — n'est-
ce pas la pire dérision ?

Souvent le désir m'était venu d'aller voir
Jane, mais j'hésitais toujours. Un sorte de
crainte superstitieuse me défendait de franchir
le cercle que j'avais tracé autour de moi,
barrière imaginaire, plus haute cependant
que celle d'un cloître ; il me semblait que je
manquerais de courage pour traverser la ville,
pour passer devant le cimetière.

Lorsque je me laissai enfin persuader par
Furey, qui cherchait tous les moyens de me
distraire, je crus, sur le seuil de la porte qui
s'ouvrait après si longtemps devant moi,
prendre mon élan dans un gouffre ; ce n'est
pas une chose simple de rompre avec une
monomanie. Tous ceux que je rencontrais me
regardaient comme un échappé de l'autre

monde; personne ne paraissait me reconnaître. J'avais sans doute beaucoup vieilli, et, pourtant, depuis le jour où j'étais entré dans ce même faubourg, au bras de Furey qui me ramenait à la maison paternelle, mon cœur n'avait jamais eu de battements si jeunes, on eût dit que l'espérance le faisait bondir dans ma poitrine; brusquement il s'arrêta. J'étais devant *sa* maison, et *elle* accourait à ma rencontre avec une expression si radieuse sur son transparent visage, que le souvenir d'une autre bienvenue, la première, la seule qu'on m'eût faite, en fut évoqué, comme si Gérard eût voulu s'associer encore à ma joie.

Cette petite maison, ancienne dépendance du château, n'est extérieurement qu'une masure depuis longtemps abandonnée, qu'entoure un arpent de terre planté d'arbres à fruits. Jane avait arrangé l'intérieur avec cette science du comfort qui appartient à ses compatriotes, et qu'ils ont exportée dans leurs colonies; on voyait au premier coup d'œil qu'il s'y joignait un sentiment, moins particulièrement britannique, de l'élégance et du pittoresque. En passant devant la porte de sa chambre, elle l'avait poussée par un geste de pudeur qui eût paru excessif chez une Parisienne, mais qui de sa part fut naturel et charmant. Je ne vis donc que le classique *parloir*, la plus belle pièce du logis, dont elle avait fait à la fois son boudoir, son jardin d'hiver et son musée. Les rideaux étaient hermétiquement fermés en signe de protestation contre le mauvais temps; de grands paravents à peintures de personnages cachaient une partie des murs. Autour du perchoir de deux perroquets

inséparables, blottis l'un contre l'autre et les
plumes hérissées en boule, s'étiolaient quelques fleurs tardives sans parfum. Ces petits
objets d'ébène et d'ivoire travaillés qu'on vend
dans les bazars de Calcutta étaient entassés
sur tous les meubles, et au milieu du panneau
principal deux poignards de forme étrange, à
manche transversal, formaient un trophée
avec des armes plus communes. Elle s'était
appliquée autant que possible à reconstruire
l'habitation exotique du capitaine Sinclair.
Elle-même, sous le grand châle qui l'enveloppait jusqu'aux pieds, égayant sa robe de deuil,
était en harmonie avec cet entourage. Furey
prétendit être obsédé de ses doléances : les
voisins lui déplaisaient et aucun n'eût songé
d'ailleurs à lui faire la première visite ; ses
perruches se trouvaient fort à plaindre dans

cette nuit perpétuelle, et elle pensait comme ses perruches. Son oncle lui avait pourtant prêté des livres, elle me les montra d'un air de désespoir : c'étaient quelques volumes de sermons, une grammaire française et un cours de mathématiques à l'usage des jeunes personnes.

— J'ai bien à moi les *Mille et une Nuits*, dit-elle, mais je les sais par cœur.

Comme je proposais de lui envoyer des compagnons mieux assortis à son âge et à ses goûts, elle m'arracha le crayon pour répondre ingénument :

— Alors venez vous-même !

Je le lui promis et n'eus pas de peine à tenir parole.

Dans la chambre semi-orientale que j'ai décrite, se transportèrent l'un après l'autre

tous les intérêts, toutes les occupations de ma
vie. Sans en avoir presque conscience, je me
retrouvais chaque jour, à la même heure, sur
le chemin qui conduisait chez Jane ; à cette
heure-là je savais qu'elle attendait, et que
j'allais la voir s'élancer sur l'escalier avec
un sourire pour lequel je serais venu du bout
du monde. Nous nous installions au coin de
son feu et nous prenions le thé, Furey entre
nous deux. Il faut le dire à la honte de Furey,
l'unique sensualité dont il fût susceptible,
l'amour du *pekao* à pointes blanches, cor-
rectement préparé selon les règles chinoises,
lui faisait surtout apprécier la société de sa
nièce :

— Ma petite Indienne, répétait-il volontiers,
est aussi agréable que puisse l'être une personne de son sexe.

Il la jugeait du reste ignorante, futile et fort
indigne d'arrêter auprès d'elle deux hommes
tels que nous. Le fait est qu'elle n'osait l'entretenir que d'insignifiances, s'étant aperçue
tout de suite, avec le tact fin qu'elle possé-
dait, que sur des points plus sérieux ils ne
parviendraient pas à s'entendre. Catholique
comme sa mère, elle avait grandi néanmoins,
au sein d'une société protestante, dans des
idées de tolérance qui l'éloignaient singulièrement de la dévotion abstraite d'une casuiste.
Elle parlait, avec l'idolâtrie qu'on accorde aux
héros, de son père, tué dans une insurrection
sur la frontière de Loudiana. Furey, de son
côté, avait l'aversion la plus marquée pour les
militaires, et entre tous, pour celui qu'il appelait l'assassin de sa sœur, par cette seule raison que le chagrin de perdre un mari tendre-

ment aimé avait déterminé chez mistress Sinclair une maladie de langueur dont elle était
morte. Elle voyait donc sans regret son oncle
s'assoupir après le thé, puis s'éveiller pour
reprendre son interminable travail sur la géologie orthodoxe. Bien qu'il ne s'éloignât pas,
nous restions seuls, tant l'absorbait la réfu-
tation des impiétés de la science moderne.
Jamais il ne lui parut que ma présence auprès
de sa nièce pût être inconvenante ou dangereuse ; son âme naïve ne soupçonnait point
le mal ; il s'estimait dans son élève et aurait
repoussé comme une mauvaise pensée la
moindre crainte à cet égard. Peut-être aussi
jugeait-il que j'étais incapable de plaire, tel
que mon infirmité m'avait fait, et puis il traitait Jane en enfant, et parlait volontiers de la

peine où il serait de lui trouver un mari dans dix ans.

Quels que fussent ses motifs pour se fier à moi, sa confiance était bien justifiée. Nous ne nous entretenions guère de nous-mêmes, l'intermédiaire de l'ardoise ralentissant la conversation, quoique Jane comprît à demi-mot. Nous lisions. Élevée simplement par sa mère, qui ne lui avait jamais permis de céder aux habitudes de mollesse de son pays natal, où les femmes alanguies végètent élégamment au lieu de vivre, elle vaquait aux soins du ménage avec une simplicité qui eût fait sourire de mépris les petites bourgeoises de N***. Mais sa science s'arrêtait là. C'était un terrain vierge à cultiver, un esprit rebelle à toute application. J'entrepris de l'instruire en l'amusant. Les belles journées ! Elles se détachent

comme des étoiles sur le fond ténébreux de
mon passé ! Les livres d'histoire, de voyages
surtout, étaient lus avec passion ; elle s'exalta
pour la botanique. Quant aux romans, ils l'en-
nuyaient. Pourtant je me souviens encore des
larmes brûlantes qui tombèrent sur mes
doigts, tandis que par-dessus mon épaule elle
lisait la *Chaumière indienne,* ou *Atala.* De sa
part, aucune timidité, aucune réserve, rien
de ce qui eût pu me rappeler qu'elle était
femme. Byron se trompe en nommant le soleil
un grand séducteur, dont les flammes mûrissent vite les filles et les fruits. Marguerite ne
put, dans ses brouillards scandinaves, éclore
plus candide que cette compatriote des poisons
foudroyants, des parfums mortels et des fauves amours. Elle réalisait l'ami de mes rêves,
cet ami longtemps désiré, trop peu connu,

tant regretté, Gérard lui-même, incarné sous
une nouvelle figure aussi sympathique que la
première. Seulement Gérard m'avait protégé,
dominé ; à mon tour je dominais, je proté-
geais Jane ; elle avait pour moi la déférence
que j'avais eue pour lui ; l'espoir de contri-
buer au bonheur d'un autre être me transpor-
tait d'orgueil. Quand elle me disait : « C'est
trop, vraiment ! Vous êtes bon comme l'était
mon père ! » Je sentais en effet une fibre paternelle tressaillir au fond de moi-même. Que
mon enfant fût belle ou laide, je n'y pensais
pas.

Un matin cependant — c'était le 1er mai, —
Jane avait pris l'habitude des promenades
dans la campagne, tantôt suspendue au bras
de son oncle, tantôt au mien, avec un égal
abandon ; — nous longions tous trois une

haie en fleur, où se montraient déjà les premiers nids : devant nous venait une noce.
Elle se rendait à l'église, musette en tête ; la
jeunesse suivait sur deux rangs, d'un pas leste;
on voyait ondoyer par-dessus le rempart d'aubépine qui marquait les méandres du sentier,
tous ces petits bonnets épanouis à la façon de
pâquerettes, dont un frais minois campagnard
formerait le cœur. La mariée, au milieu de la
gaieté de ses compagnes, était sérieuse comme
l'amour vrai ; elle s'appuyait sur un beau
garcon, qui me rappela Jacob emmenant sous
la tente nuptiale, l'épouse gagnée par son
travail. Et le soleil répandait sur eux une pluie
d'or, toute la nature chantait l'épithalame. Je
ne pus m'empêcher de serrer la main de Jane
avec un soupir qui disait : — Voici des gens
heureux ! — Et son regard me répondit aussi

clairement que des paroles : — Qu'avez-vous
donc à leur envier ?

Jamais je n'oublierai l'effet que produisit
sur moi cette réponse si simple ; ma tête se
prit, il me sembla que Jane disait : — « Toi
aussi tu tiens le bonheur... à tes côtés. » Elle
était animée par la course et le grand air,
peut-être aussi par quelque émotion secrète,
que j'essayai de lire encore dans ses yeux.
Mais ils se baissèrent sous les miens en refusant de s'expliquer, et je ne rencontrai que
ceux de Furey pour la première fois interro-
gateurs et défiants. La noce avait passé ; Jane
se remettait à cueillir des primevères. En la
voyant sauter insoucieusement devant nous,
je rendis bien vite au regard qui m'avait troublé son véritable sens. Trop jeune pour comprendre l'amour, elle s'étonnait qu'on le re-

grettât auprès de l'amitié. C'est tout ce qu'elle
avait voulu dire... Aurais-je désiré qu'il en
fût autrement? qu'elle eût rêvé comme moi
l'espace d'une seconde, quelque idylle dont
elle serait la Galathée? Le temps me manqua
pour y songer. Avant même d'entrer dans la
ville, je me trouvai en face d'un domestique
qui m'annonça hors d'haleine qu'il me cherchait de tous côtés, mon père venant d'arriver
à l'improviste. La marquise l'accompagnait.
Son nom agit sur moi comme ce mot magique
des contes bleus, qui suffit à mettre l'enchantement en fuite.

VIII

Bien que mon père eût fait, depuis son mariage, d'assez fréquents voyages en Bourgogne, madame de Brenne ne l'avait jamais
accompagné, pour différents motifs dont le plus
vrai et le moins avoué par conséquent, était
un amour effréné de Paris et des hommages
qui l'y entouraient, le seul amour qu'elle eût
connu après celui de sa beauté, dont elle est
encore idolâtre et qui n'a rien perdu, il faut
en convenir. A quarante ans, elle pourra con-
sulter son miroir sans qu'il lui reproche une
ride ; il est probable qu'elle pourra de même

5.

fouiller dans son cœur sans y trouver la trace
d'une faiblesse. Le privilége de ces froides
statues qui dépassent de toute la tête les passions et les douleurs auxquelles d'autres plus
impressionnables se heurtent et se brisent,
est de voir le temps consacrer leurs charmes
au lieu de les flétrir. Madame de Brenne, trop
jeune femme d'un vieux mari, ne donna
jamais prise au moindre blâme, et le monde
lui en fit trop d'honneur, confondant, par une
erreur commune, les dehors de l'indifférence
avec ceux de la vertu. Il est si facile à certaines gens de fixer exclusivement leurs affections sur une loge aux Italiens, les voitures,
les chevaux, les diamants, de laisser le sinet
au chapitre du luxe! Or, selon madame de
Brenne, le luxe devait avoir pour couronnement indispensable la considération. Telle

était ma belle-mère. Je fis effort pour la bien recevoir. Elle fut de son côté tout enjouement, avec l'oubli complet d'une époque néfaste dont sa présence évoquait le souvenir chez chacun de nous. L'usage du monde, la volonté de conquérir à son mari des points d'appui et de l'influence, un immense besoin de suffrages avaient attenué les aspérités de ce caractère. Il semblait que, pour la première fois, Laure rencontrât le fils de M. de Brenne et qu'elle mît tout en œuvre pour se le concilier. Elle plaignit ma longue solitude, me dit la satisfaction qu'elle avait eue de la savoir adoucie, ce qui m'étonna quelque peu, puisque je n'avais pas jugé nécessaire d'informer personne du séjour de miss Sinclair à N***; elle m'exprima le désir le plus vif de connaître cette charmante fille à qui l'on était redevable de ma *guérison mo-*

rale, et ses instances me décidèrent sans peine
à inviter Jane pour le dîner du soir même.
Furey ne retrouvait plus rien des façons hau-
taines qui lui avaient inspiré tant d'aversion; et
lorsque madame de Brenne loua la gentillesse,
l'aisance modeste de sa nièce, ses vieilles ran-
cunes cédèrent au plaisir du moment.

Quant à Jane, elle demeurait éblouie. La
toilette, la figure de cette grande dame qui,
au premier abord, la traitait en amie, dépas-
saient toutes ses théories d'élégance et de
beauté. Madame de Brenne parlait anglais, ce
qui acheva de la ravir. Je regardais, assises à
côté l'une de l'autre, ces deux femmes qui
représentaient dans ma vie le mal et le bien,
me demandant quel caprice bizarre de la destinée pouvait leur inspirer tant de sympathie
mutuelle; je remarquai aussi que tous les

compliments dont on accablait Jane m'étaient adressés des yeux (comme si j'eusse dû en tirer vanité), avec une sorte d'affectation qui me mettait mal à l'aise.

Lorsque, en sortant de table, mon père me fit signe de le suivre dans sa chambre, j'avais déjà vaguement conscience qu'un péril nous menaçait. Sans préliminaire, avec la sécheresse qui lui est propre, M. de Brenne me révéla le but véritable de son voyage, suffisamment motivé déjà par le legs que lui faisait madame de Mareuse, du château de Belles-Aigues. Comme il n'est pas de bonheur si humble qui ne prête à l'envie, le mien n'avait point échappé à la loi générale, et une fort honnête personne du voisinage s'était empressée d'avertir ma famille de la captation de M. Émile de Brenne par une aventurière,

dont la complaisance de Furey autorisait les
manéges. Nul ne sait ce que c'est que l'indi-
gnation qui ne peut s'exhaler : machinalement,
mes mains jointes d'abord avec stupeur, sai-
sirent un couteau oublié sur la table. Mais
cette menace n'amena sur les traits de mon
père qu'une grimace flegmatique et dédaigneuse :

— Vous vous échauffez trop; la dénoncia-
tion ne part pas d'une seule bouche que vous
feriez taire par les moyens d'usage, pourvu
toutefois qu'il vous fût indifférent de perdre
cette jeune fille. Admettons que l'étrangeté de
sa personne et de sa situation ait suscité
contre elle de mesquines animosités de province, vous n'en avez pas moins joué avec
l'opinion; et demander raison à tous ceux qui
ont parlé, ce serait vouloir une Saint-Barthé-

lemy ! Dans votre solitude, vous vous êtes attaché à deux beaux yeux, très-ardemment fixés de leur côté sur une chimère ambitieuse. Rien de plus excusable. Quant à la complicité de Furey, il va sans dire que j'en doute. Mais il a pour le moins autant d'aveuglement que d'honnêteté. Votre devoir est peut-être de veiller à ce qu'on ne lui fasse pas un crime de son excès de candeur.

Pendant cette leçon de sagesse mondaine, j'avais eu le temps de revenir à moi. J'entrepris d'expliquer que j'étais aussi éloigné de la passion, que Jane elle-même pouvait l'être d'un odieux calcul.

Mon père me laissa dire, avec une sorte de condescendance ironique.

— Personne ne le croira, répondit-il enfin, et il sous-entendait : — Je n'en crois rien non plus. — Convenons entre nous, si vous y tenez, que vous aimez assez cette petite pour n'en point vouloir faire votre maîtresse; proclamons-la un ange et vous un preux chevalier, mais n'oublions pas trop cependant, mon cher Émile, que nous vivons dans un siècle incrédule à tous les héroïsmes.

Il se leva, fit le tour de la chambre, et, me laissant à mes réflexions, retourna au jardin, où depuis le dîner se promenait madame de Brenne, le bras sous celui de Jane.

Je les voyais de ma fenêtre passer et repasser, en causant avec cet air de confidence que prennent les femmes pour se dire les choses les plus indifférentes, puis s'enfoncer dans quelque allée sombre où elles disparaissaient peu à peu. De quoi parlaient-elles? Peut-être de banalités; peut-être aussi madame de

Brenne, tout en relevant sur son bras pour marcher avec plus de gràce les plis moelleux de sa robe, éveillait-elle la méfiance chez cette enfant par des insinuations perfides, irrépara-bles? Qu'en savais-je? Il me semblait pourtant étrange qu'après avoir refusé de voir en moi un homme, elle ne me laissàt pas le bénéfice de ma triste situation, lorsque je me dévouais fraternellement à une autre. J'avoue que sur ce point je me perdis en conjectures de toutes sortes, sans m'arrêter à la plus vraisemblable, que je n'attribuai pas ses manéges à une àpre et sordide convoitise d'argent. Les humilia-tions de mon premier amour, les angoisses de mon premier deuil, toutes les désillusions, les misères, les douleurs du passé ressuscitèrent vives et poignantes comme à l'heure même où je les avais subies, dominées par un supplice suprême, le seul que je n'eusse jamais prévu : la calomnie avait à cause de moi effleuré ce front de vierge ; les gens plaisantaient grossièrement de ce qui aurait dû leur inspirer du respect ; on se détournait avec mépris de ma *maîtresse*. O fange ! Et je n'avais rien vu, rien soupçonné ; dans mon oubli du monde entier, j'avais cru qu'il m'oubliait aussi !

Lorsque je redescendis, mon père faisait une partie d'échecs avec Furey. Madame de Brenne suivait le jeu, renversée à demi sur une chaise longue ; elle m'apprit que miss Sinclair, un peu fatiguée, venait de rentrer chez elle.

— La chère petite n'a d'ailleurs que fort peu de temps pour ses préparatifs, ajouta-t-elle en pattes de mouches ; nous partons demain. Vous savez qu'il est convenu que je l'emmène? La vue de Paris, la distraction, lui seront très-salutaires... elle s'amusera un peu et nous verrons après à lui arranger un avenir sérieux. Je suis folle de votre protégée, mon bon Émile, et je vous demande en grâce de me laisser jouer à mon tour le rôle d'ange gardien.

Avec une violence que j'essayais en vain de contenir, j'arrachai le crayon de la belle main blanche, chargée de bagues, qui traçait cet arrêt.

— Vous vous trompez, répondis-je en labourant le papier, tant je crispais mes doigts pour les empêcher de trembler; vous vous trompez, c'est moi qui partirai.

Elle sourit malicieusement et passa ma réponse à Furey, qui jouait aux échecs avec une attention exagérée; mon père se leva et me serra la main.

De Paris j'irai en Allemagne, et mon absence sera longue, lui dis-je.

— Dois-je me tenir prêt? demanda Furey.

— Non, je m'en irai seul. Que feriez-vous de votre nièce? Il faut qu'elle reste ici. Je vous confie l'un à l'autre. Mon valet de chambre me suffira.

Furey baissa la tête; pour la première fois j'émettais l'exorbitante prétention de pouvoir me passer de lui.

Le lendemain était un dimanche. Nous allâmes à l'église. Ma belle-mère fit entrer Jane dans le banc seigneurial, de cet air de protection qui autorise plutôt qu'il ne repousse les médisances, car on ne défend pas ce qui n'est point attaquable. On chuchotait en la regardant, on se montrait Furey; celui-là aussi était méconnu par ma faute; les plus

charitables le traitaient de Géronte et le tour-
naient en ridicule ! L'instinct, qui à certaines
heures d'exaspération faisait de moi une bête
fauve, s'était réveillé ; sans souci du lieu où
nous étions, j'aurais voulu me venger de cette
foule imbécile qui avait gâté mon bonheur en
me forçant à le définir.

Depuis l'entretien avec M. de Brenne, je ne
me reconnaissais plus. Les précautions, les
conseils, les mesures violentes, les obstacles
maladroitement suscités, révèlent souvent à
eux-mêmes des sentiments qui s'ignoraient.
Lorsqu'il m'avait accusé d'être épris de miss
Sinclair, j'avais pu nier de bonne foi ; il y
avait de cela douze heures à peine, et déjà
cette absolue négation eût été un mensonge.
Ma conscience, sévèrement interrogée, comprenait enfin que l'amitié peut n'être qu'un

déguisement de l'amour. Jane y avait répondu par charité, par dévouement, et ce n'était plus assez. Ses calmes familiarités, le chaste abandon d'une pudeur négligente à s'armer contre moi, m'eussent torturé après avoir fait mes délices. Il fallait partir.

Le soir, à six heures, la berline attendait, toute chargée, au pied du perron. Furey affairé y empilait encore mille colis supplémentaires, et fatiguait de ses recommandations le domestique qui allait m'accompagner. Dans la bibliothèque, j'écrivais un mot d'adieu pour Jane, que je n'avais pas revue. Cet adieu, dix fois recommencé, ne me satisfaisait pas; j'aurais voulu qu'il se traduisît par un : « A bientôt! » bref et dégagé, mais ma plume refusait d'obéir. Je venais de déchirer encore l'expression de regrets qu'il fallait gar-

der pour moi seul, et travaillais péniblement
je ne sais quelle phrase compassée, lorsque
tout à coup un souffle brûla ma joue, et, me
retournant, je rencontrai deux yeux rouges et
gonflés qui me demandaient à travers leurs
pleurs :

— Est-il donc vrai que vous nous quittiez ?

Je détournai les miens comme s'ils eussent
dû répondre :

— Oui, nous nous quittons pour toujours.

Aussitôt je sentis sa bouche se coller sur ma
main, et la porte s'ouvrant en même temps,
livra passage à ma belle-mère.

— Venez-vous ? dit-elle.

Ce baiser de Jane, le premier, le seul
qu'elle me donna, ne lui fut jamais rendu.

IX

Le château de Belles-Aigues , où nous
devions faire halte, n'est qu'à deux lieues de
N***. Durant tout le trajet, je dissimulai de mon
mieux le trouble que m'avait causé la singulière effusion des adieux de Jane. La vie
montait en moi comme un fleuve qui déborde,
ma souffrance avait une âpreté qui me rappelait que j'étais jeune. Je voulais la revoir,
ne fût-ce qu'une seconde, la revoir à tout
prix ! De peur que cette idée n'éclatât sur mon
visage, je le voilais de ma main afin d'échapper à l'inquisition railleuse qui me poursui-

vait, et aussi d'appuyer mes lèvres à la place qu'avaient touchée les siennes.

Nous n'avions pas assez de plaisir à être ensemble pour prolonger beaucoup la veillée à Belles-Aigues; d'ailleurs on repartait de grand matin, et après souper chacun se retira dans son appartement; le mien était au rez-de-chaussée; enjamber la fenêtre, puis une haie basse, ne me fut qu'un jeu; doucement je traversai les allées, en ayant soin d'éviter l'indiscrétion du clair de lune. Ma casquette de voyage à large visière, une blouse trouvée à l'écurie, me rendaient méconnaissable. Arrivé sur la route, je me demandai où j'allais et ce que j'espérais, mais la raison n'a rien à répondre quand la fièvre vous emporte, et sans m'arrêter à compter les impossibilités, je pris ma course dans l'ombre comme un malfaiteur.

6

Mes jambes devaient dévorer le terrain, car je
voyais de chaque côté les arbres fuir comme
des spectres; jamais l'aile d'un rêve n'a été
plus rapide. Il n'était pas minuit quand j'entrai
dans le faubourg Sainte-Anne où demeurait
Furey. Tout était paisible, le dernier réver-
bère éteint; je tirai de ma poche une clef qui
ouvrait le jardin et dont je me servais souvent
pour surprendre mes amis; en la tournant
dans la serrure, la pensée d'un rendez-vous
imploré, promis , me fit presque défaillir.
Comme autrefois (cet autrefois qui m'apparaissait si lointain et qui pourtant n'était qu'hier),
Jane m'attendait; que dis-je? il ne s'agissait
plus des entrevues innocentes de ce temps-là;
cachée derrière un rideau, elle guettait le
signal qui allait m'amener à ses pieds. La
lueur de sa lampe devait me guider jusqu'à

elle. Je pénétrais dans le jardin, je me glissais le long du mur tapissé de chèvrefeuille, et... je ne rêvais plus... J'étais sous sa fenêtre. Comme pour me protéger, la lune se voila. Si cette fenêtre entre-bâillée se fût ouverte tout à fait et que Juliette eût tendu la main à Roméo, je n'aurais pas été trop étonné, tant il me restait peu le sentiment des circonstances et de moi-même. Mais la lampe n'était rien moins qu'un fanal d'amour. Du poste d'observation que je m'étais choisi, — l'escalier, ou plutôt l'échelle extérieure, conduisant au premier étage et au grenier, — je vis Jane penchée sous l'abat-jour qui laissait sa chambre dans un faible crépuscule. Tous les rayons se concentraient sur cette tête pensive et sur la Bible placée devant elle. Jane faisait sa méditation du soir qui se termina par un signe de croix.

Ainsi rien n'était changé dans ses habitudes;
mon départ n'en avait pas troublé le cours
uniforme; je la trouvais déjà résignée, consolée peut-être? Le reproche que je lui adressai
mentalement l'atteignit, car elle se leva, courut à la fenêtre et sembla chercher au dehors;
mais la nuit était profonde et j'avais ramené
sur moi le contrevent. Peu m'importait d'ailleurs d'être aperçu. La seule crainte de ne
surprendre chez elle qu'un mouvement de
frayeur m'empêchait de me montrer.

Elle respira quelques bouffées d'air avec
une sorte de soulagement, tout en détachant
de ses cheveux les épingles qui les retenaient.
Une à une, ces tresses que j'avais toujours
vues tordues en diadème autour de son front,
se déroulèrent jusqu'à terre. Elle ne pouvait
plus les rassembler, tant leurs ondes étaient

épaisses, et je la regardais avec émotion se débattre dans ce manteau d'ébène. Immobile, égaré, je comprenais que rester plus longtemps deviendrait une profanation, et je ne sais quelle force invincible me retenait cependant. Elle me retint, tandis que Jane, secouant, comme la princesse Peau d'Ane, ses vêtements sombres, apparaissait sous un filet de lumière argentée dans toute la grâce de sa frêle et suave beauté, à peine voilée par un peignoir blanc. Jusque-là, je l'ai dit, les sens n'avaient eu aucune part à l'attachement qu'elle m'inspirait ; dès cette nuit funeste il fut complet et je pus lui donner son vrai nom. Le parfum capiteux du chèvrefeuille m'enivrait, le sang bouillait dans mes artères, j'avais le vertige, je croyais voir — oui, je voyais distinctement, comme si elle eût de-

6.

viné ma présence — s'arrêter sur moi, tout
invisible que je fusse, ce regard plein de
langueur et de promesses, ce regard profond, énigmatique, ingénu tout ensemble, qui
m'avait une fois déjà rendu fou. Je saisis la
rampe pour m'élancer vers elle ; rien de plus
aisé ; il n'y avait sur le jardin que sa chambre
et le salon... Tout à coup je pensai à ce vieillard qui dormait là, tranquille et confiant, si
sûr de mon honneur qu'il avait remis le sien,
celui de son enfant, à ma merci, et l'idée
d'une trahison m'humilia jusqu'au fond de
l'âme. — En même temps la lampe s'éteignait ;
les élans de tout mon être se perdirent dans un
morne accablement ; je me laissai tomber plutôt que je ne descendis à terre et m'enfuis sans
me retourner, comme l'homme chassé du
Paradis perdu.

De cette expédition téméraire, dont je n'avais pas un instant prévu l'issue, mais d'où je croyais rapporter du moins un peu de courage, je revenais plus à plaindre qu'auparavant, car, dès lors, ce n'était pas seulement l'affection exclusive de Jane que je désirais, mais sa possession. Je m'assis sur un tas de pierres, le long de la route, le front lourdement appuyé sur mes mains. L'aube se leva, me rappelant à moi-même ; je ne devais pas être reconnu, un homme ne devait pas être vu à la porte de miss Sinclair. Lentement je me remis en marche par ce même petit chemin où nous avions, elle et moi, rencontré la noce, où l'arrivée de mon père était venue si cruellement m'arracher du pays des songes.

Comme ce matin-là, un vent frais faisait frissonner les blés ; les vapeurs qui s'élevaient

des champs promettaient un éclatant soleil;
les buissons étaient blancs des mêmes fleurs,
et les mêmes oiseaux s'y posaient, un brin de
mousse au bec; pourtant tout me semblait
morne et aride.

Je pressai le pas afin de ne trouver personne debout à Belles-Aigues, et d'y pouvoir
rentrer inaperçu comme j'en étais sorti.

Lorsque je franchis la haie de nouveau, tout
dormait en effet, hormis une famille de Bohé-
miens qui ranimait, dans un herbage attenant
au parc, le feu de son bivouac, pour préparer
le repas du matin. Il y avait là un grand gail-
lard déguenillé qui berçait son enfant dans
ses bras. Ce spectacle m'exaspéra. Je courus
me jeter sur mon lit et mordis ma couverture
dans un spasme de rage.

X

Six semaines après, j'étais à Hombourg.
Mon itinéraire ne devait pas me conduire là ;
mais un aimant dont je subis irrésistiblement
la puissance aux heures de déception, m'y
avait attiré ; il m'y fixa. Entre les passions,
celle qui domine surtout les gens frappés de
la même disgrâce que moi, c'est la passion
du jeu. Absorbante, taciturne, farouche, elle
a le vertige irritant de l'imprévu, n'est point
communicative, ne demande pas à être partagée. Elle résume en un instant la vie avec ses
ambitions, ses piéges, ses brûlantes alterna-

tives, aussi est-elle le refuge naturel de ceux qui ne peuvent aimer, croire, espérer ni agir. L'alcool ne grise et n'étourdit pas mieux; aucun plaisir n'étouffe aussi victorieusement toutes les sensations qui ne se rapportent point à lui. Quelque nom qu'on lui donne : fièvre, ivresse, ruine, cet ennemi bienfaisant m'a souvent ouvert un dernier refuge, lorsque le reste m'abandonnait. Cette fois, cependant, la vertu de ses philtres échoua. J'avais beau passer des nuits accoudé au tapis vert, la perte me laissait aussi indifférent que le gain. Tandis que le sort se prononçait pour ou contre moi, je cherchais parmi la foule un visage ami, et quand j'avais découvert telle mèche de cheveux noirs ondée d'une certaine façon, tel profil indécis encore velouté du duvet de l'adolescence, tel petit signe posé comme une mouche sur des lèvres rieuses, je m'emparais de ce talisman pour quitter à tire-d'ailes le salon de jeu et m'envoler bien loin. Au bout du voyage apparaissait toujours la maisonnette de N***. Mon àme y était restée dans mille liens imperceptibles, mais qui ne lâchaient pas prise. Comment avais-je pu m'éloigner? A quoi servirait cet effort? Le temps était passé pour moi des enthousiasmes qui s'évaporent ou se transforment, des caprices d'imagination dont on guérit. Je le sentais à l'indifférence profonde où me laissaient les artifices de coquetterie d'un escadron volant de belles joueuses, prêtresses du hasard sous toutes ses formes et acharnées à prouver au comte de Brenne, heureux à la roulette, qu'il dépendait de lui d'être heureux en amour.

L'oubli eût-il été possible, je n'en aurais

pas voulu, puisque, dans le passé, étaient
toutes mes joies et aussi, oserais-je l'avouer,
une vague espérance, qui faisait monter le
sang à mes joues lorsque je me rappelais...
Vivre comme autrefois auprès de Jane, vivre
par Jane, puisque tout m'arriverait empreint
d'elle, qu'il lui faudrait penser, parler, entendre pour moi; dépendre de son dévouement, me paraissait un sort si enviable qu'il
m'eût fait bénir la cruelle infirmité à laquelle
je l'aurais dû. Mais l'opinion n'avait-elle pas
flétri le passé, condamné l'avenir? Eh bien,
je me sentais presque de force à la braver!
De loin tout est facile; les obstacles qui nous
faisaient reculer découragés lorsque nous les
touchions de la main, s'aplanissent, s'effacent.
J'en vins à concevoir l'idée d'enchaîner, par
le mariage, les dix-sept ans de Jane à ma

demi-mort. Ce fut Jane elle-même qui me la suggéra. Dans mon sommeil, au milieu de quelque cauchemar qui me montrait les damnés, dont je faisais partie, le cou tendu, hâves, frémissants, sur la rouge ou la noire, je la voyais apparaître, et elle consentait à porter le nom de ma mère, à devenir la gardienne de mon foyer, à être pour moi tout ce qu'on adore. Plus forte que la méfiance de soi, que laisse une première inclination dédaignée, elle revenait toujours; elle revint si bien qu'un matin, au réveil, sans avoir presque conscience de mon audace, j'écrivis ce qu'il doit être si doux de dire, ce que ma bouche, scellée sur mon cœur, ne pourra jamais exprimer que par un muet soupir. Jane m'avait fait croire à l'abnégation ; je l'aimais assez pour abjurer devant elle mon orgueil d'homme,

7

pour lui permettre de m'apporter tous les
biens sans lui rendre rien en échange. Mon
Dieu ! quelle puissance doit donner aux
prières, aux serments, ce verbe magique qui
fait de chaque mot une caresse ! et que tout
paraît, au contraire, froid et décoloré sur le
papier, fût-il brûlé de vos baisers, trempé de
vos larmes !

J'écrivis cependant avec une sensation inex-
plicable de soulagement et de triomphe.
Depuis mon départ, je n'avais pas reçu de
nouvelles directes de Jane ; à peine son oncle
répondait-il aux passages de mes lettres qui
la concernaient, qu'elle était bien portante et
aussi gaie que jamais. Cette gaieté, cette facile
résignation, n'étaient pas faites pour m'encourager. N'importe ! Elle allait savoir mon
secret, et l'amour malheureux fait moins

souffrir que l'amour ignoré. D'ailleurs, quelque chose en moi disait : Ose !

Je sonnais mon valet de chambre pour l'envoyer à la poste, lorsqu'il entra lui-même m'apportant mon courrier. Il y avait quelques volumes expédiés par Furey et une épître de mon père qui me contait froidement ses espérances d'avoir sous peu un *petit-fils*. Trop spirituel pour ne pas devancer l'ironie, il raillait le premier sa paternité prochaine.

Un billet parfumé, satiné, de madame de Brenne, m'assurait de l'intérêt qu'elle prenait à mes plaisirs.

Je décachetai sans me presser, après avoir savouré toutes ces hypocrisies, une dernière lettre plus volumineuse sur laquelle se détachait le timbre de Suez. Je ne connaissais personne en Égypte, l'écriture m'était étran-

gère ; néanmoins, en la touchant, un tardif
pressentiment me saisit. Il me sembla que
l'adresse originale, tremblée au point d'être
illisible, avait été rétablie à quelque bureau
de poste, de la main d'un commis... Non, cela
ne se pouvait... cela *était* pourtant ! D'un
regard j'embrassai les quatre pages : je les
relus plusieurs fois sans comprendre, op-
pressé par un ravissement qui le disputait à
la stupeur :

« C'est une sorte de testament que vous
recevez là, disait Jane.

» Je m'en vais. Pour combien de temps ?
Dieu le sait. Mais la distance déjà mise entre
nous me permet de vous faire, sans trop de
honte, un aveu qui me donnera du courage.
D'abord, laissez-moi vous demander pardon
des chagrins que, sans le vouloir, je vous ai

causés à vous aussi. J'étais si loin de comprendre que ma présence pût prêter au reproche et au scandale! Il me paraissait si simple de me laisser traiter en enfant gâté, de vous marquer ma reconnaissance en ne comptant plus vos bienfaits! Je ne sais rien du monde; mon oncle ne m'avait pas mise en garde contre cette admiration et cette tendresse qu'il trouve criminelles aujourd'hui. Comment aurais-je eu des scrupules? Ma conscience ne me dictait qu'un devoir : celui de vous aimer beaucoup, vous qui m'aviez presque consolée d'être orpheline ; et c'était si facile d'obéir ! Je n'avais jamais connu d'homme aussi beau que vous; je découvris bientôt qu'il n'en existait point de meilleur ni de plus malheureux. Que de raisons pour faire de vous mon ami !

» Vous avez été le premier... vous serez le

seul. Il n'y aura jamais que votre nom d'écrit
sur une page blanche à côté de celui de Dieu,
qui ne me punira pas de vous avoir aimé autant que lui, puisque toutes ses grâces me sont
venues par votre intermédiaire.

» Figurez-vous, Émile (je vous en prie, laissez-moi vous donner tout haut ce nom que si
souvent j'ai murmuré à votre oreille, profitant
de ce que vous ne pouviez m'entendre; j'ai
tant de plaisir à vous parler une fois comme
si j'étais réellement votre sœur!) Figurez-vous
que notre belle et tranquille histoire m'avait
paru devoir être sans fin. J'aurais été un
arbrisseau de mon jardin, une pierre de ma
maison, que je ne me serais pas crue mieux
fixée à N***; j'espérais m'éveiller toujours
avec cette assurance délicieuse de vous voir
le matin, m'endormir tous les soirs en

vous disant : à demain ! — vieillir en vous servant.

» Quand madame de Brenne, qu'il faut remercier sans doute de m'avoir désabusée, quelque mal que cela ait pu me faire, est venue me parler de ma réputation, de l'honneur de mon oncle, de votre rang, de mille choses auxquelles je n'avais jamais songé, me prouvant avec beaucoup de logique et de douceur qu'une fille de mon âge ne pouvait demeurer auprès d'un jeune homme sans donner lieu à de méchants propos, je me suis étonnée d'abord, et puis... N'allez-vous pas aussi me croire folle, de la plus sotte folie, la présomption ? C'est encore la faute de mon éducation, des mœurs de mon pays, de la simplicité de ma pauvre mère qui, ne prévoyant pas que je lèverais jamais les yeux si haut, avait coutume de me dire : Quand une femme a rencontré l'homme qu'elle respecte, en qui elle croit, qui, supérieur à elle par son esprit et son caractère, consent à soutenir sa faiblesse, elle met une main dans la sienne, quitte tout pour le suivre, et c'est là le mariage.

» Je me suis vue — j'en rougis comme si nous n'étions pas bien loin l'un de l'autre, mais en se confessant, on expie, — je me suis vue votre femme, liée à vous par un nœud qui rendrait notre union indissoluble, même au delà de la tombe; je me suis vue à votre bras, foulant ces mêmes allées où nous nous promenions tous les jours, à vos côtés, lisant les mêmes livres, sans que rien fût changé entre nous, avec une joie de plus seulement, joie parfaite qui résume toutes les autres, et que donne la certitude de ne se quitter jamais.

» A mes divagations on a opposé des raison-
nements que je n'ai pas trop bien compris,
mais devant lesquels je m'incline. Mon oncle
m'a expliqué que les convenances devaient
présider au mariage, et que vous aviez donné
un grand exemple, en me fuyant par respect
pour elles. Depuis qu'on m'a fait mesurer
l'abîme de préjugés qui nous sépare, mon parti
est pris irrévocablement. Nous ne nous verrons plus... Il est impossible que mon séjour
dans les lieux que vous aimez, continue à vous
en tenir éloigné; il ne se peut pas non plus
que votre vieil ami renonce à la consolation
de vous consacrer ses derniers jours. Je pars
donc. Ce sera un moyen de guérir... si l'on
guérit, comme l'affirme madame de Brenne,
qui a de l'expérience.

» Quant à moi, je n'ose rien présumer de

7.

l'avenir, mais il me semble que certaines bles-
sures ne se ferment pas ; à coup sûr, la mienne
ne se fermerait jamais ici où je rencontre à
chaque pas quelque chose de vous, où il me
semble que je vous respire, dans l'air où vous
avez passé. »

Ma vue se troubla. De ce que j'avais lu, je
ne retenais rien, sinon que Jane m'aimait,
qu'elle me donnerait de son plein gré, d'en-
traînement, ce que je demandais à sa pitié,
comme un sacrifice. Qu'elle fût maintenant aux
antipodes, qu'il me fallût rester des semaines,
des mois sans la revoir, je n'y voulais point
penser. Elle m'aimait ! Pour la première fois
je remerciai Dieu. . . . .

. . . .

Tout d'une traite, je courus à N***. J'y trouvai Furey, réveillé en sursaut de sa sécurité,

dévoré de remords, au désespoir du mal qu'il s'accusait d'avoir fait et résolu à le réparer.

Il refusa énergiquement de me dire où se cachait sa nièce; c'était pour lui un cas de conscience et de dignité, un pacte conclu avec M. de Brenne. Je voyais cependant quelle lutte livrait à son orgueil un attendrissement plus fort que tous les sophismes dont il s'était cuirassé.

J'épuisai les supplications, les menaces, je me mis à ses genoux; mais on l'avait accusé de complicité dans une basse intrigue, et il n'eût pas cédé quand l'existence même de sa fille d'adoption eût été en jeu. Toute la grandeur de ce caractère, humble à la surface, éclata dans une résistance vraiment stoïque.

Par mon père, je sus la vérité. Il m'apprit que Jane avait trouvé, grâce aux soins de ma belle-mère, une place de demoiselle de compagnie dans une famille anglaise qui traversait Paris avant de s'en retourner aux Indes. C'était à bord de l'*Astrea*, en partance pour Bombay, qu'elle m'avait écrit. . . . . .

. . . .

. . . .

Le manuscrit du comte Émile de Brenne restait inachevé. Ses héritiers trouvèrent, intercalé dans les derniers feuillets, un numéro du journal le *Times*, où était marqué en rouge un paragraphe ainsi conçu :

« Le steamer l'*Astrea* de la compagnie des Indes, parti de Suez le 20 juillet, — destina-

tion de Bombay, — a été perdu corps et biens,
en vue des côtes d'Aden. »

Suivait la liste des passagers échappés au
naufrage. Le nom de Jane Sinclair n'y figu-
rait pas.

TROP TARD

I

— Les voyageurs pour la ligne de Tours, en
voiture !

Et la foule se pressait dans l'embarcadère au
bruit du sifflet de la locomotive. Sur le mar-
chepied du même wagon, deux jeunes gens
se reconnurent.

— Félix !

— Toi ici ?

Ils s'embrassèrent comme des amis de collége qu'ils étaient.

— Voilà un bonheur inespéré ! Au bout de six ans de séparation se retrouver ainsi !

— Pourquoi ne m'informais-tu pas de ton retour ?

— Savais-je ton adresse depuis si long-temps que tu ne me donnes plus signe de vie ?

— Les voyageurs pour la ligne de Tours, en voiture ! cria une voix rauque à leur oreille ; en voiture !

La machine fit entendre son souffle saccadé, et, deux secondes après, elle les emportait à toute vitesse.

— Enfin ! as-tu fait suffisamment le tour du monde et vas-tu te borner maintenant, comme Sindbad le marin, à raconter tes voyages? demanda Gaston de Courvol à son ami.

— On m'a rappelé du fond de l'Afrique en m'annonçant la mort de mon père. Ma sœur est seule maintenant, et je me dois à elle.

Il y avait sur le visage de Félix d'Aubray une expression de profonde tristesse qui trahissait un deuil intime, plus profond encore que le deuil extérieur qu'il portait.

— Je reviens donc de ma vie d'aventures, et je n'aurais peut-être jamais dû la commencer. Courir le monde, c'est fort beau, mais on se reproche son plaisir, en songeant que pour lui, on a délaissé de vieux parents, qui ont entrepris le plus solennel de tous les voyages sans avoir pu vous bénir. Alors on sent quelle place ils tenaient dans votre cœur, et on regrette d'avoir si souvent oublié de les aimer.

Félix baissait les yeux pour dissimuler une émotion profonde, et il était évident que, malgré sa franche sympathie, Gaston ne parvenait pas à en comprendre l'étendue. C'était un esprit insouciant et léger, encore ignorant de tout chagrin. Jamais plus beau cavalier ne porta plus gaillardement un nom illustre, une grande fortune héréditaire et tout l'ensemble d'une existence privilégiée. Dans ses yeux brillants, sur ses lèvres épanouies, ombragées d'une fine moustache, on lisait la joie de vivre, dans des conditions si complétement heureuses. La sécurité un peu impertinente de son regard, la désinvolture de sa haute taille d'une élégance militaire, eussent pu faire croire, en outre, à quelque fatuité, à un contentement exagéré de soi-même.

Distrait, réservé, d'une politesse froide, Félix formait avec lui un frappant contraste. Son visage amaigri, ses cheveux déjà veinés de blanc et rares sur les tempes, ses épaules un peu voûtées, lui donnaient l'air d'un jeune savant fatigué par des veilles laborieuses. Le climat d'Orient avait bistré son teint mat. Il était vêtu avec une négligence qui indiquait assez combien il avait oublié, dans ses voyages, les traditions de la *tenue* telle qu'on l'entend à Paris.

Entre ces deux amis, pourtant, la différence n'était pas aussi grande qu'on eût pu le croire d'abord ; c'étaient leurs professions et leurs destinées qui étaient opposées plutôt que leurs personnes et leurs caractères ; l'un avait déjà vécu, souffert et lutté, tandis que l'autre entrait dans le monde par la plus brillante et la

plus frivole de toutes les portes, avec un
uniforme qui lui imposait l'air tapageur et
délibéré.

Au fond ils s'entendaient et savaient être
jeunes tous les deux. Leurs compagnons de
voyage s'en aperçurent bientôt.

Félix, qui avait entamé le récit de ses expé-
ditions lointaines, les promena, un peu malgré
eux, sous le ciel de Naples, au milieu des
glaces de l'Islande, dans les hypogées de
Louqsor, ne faisant grâce d'aucun détail, dé-
crivant tout, depuis le cèdre jusqu'à l'hysope.
Gaston parlait en même temps avec non moins
de volubilité des plaisirs de la garnison de
Nancy, de ses ambitions d'avenir, de l'existence joyeuse qu'il menait comme officier d'or-
donnance du général P., un homme de cour,
que ses fonctions appelaient à Paris plus sou-

vent qu'elles ne le retenaient en Lorraine. Après s'être raconté les péripéties nombreuses qui avaient rempli six ans de séparation, ils s'arrêtèrent tout essoufflés, fumèrent une cigarette pour reprendre haleine, puis Gaston, recouvrant la parole le premier :

— Donc, dit-il, tu reviens plus excentrique que jamais... Tu portes un costume arménien sous ton paletot, un cheval arabe tenu par un nègre t'attend à la station prochaine, et tu as installé dans le compartiment des dames plusieurs almées dont je vais entrevoir tout à l'heure les grands yeux noirs derrière un voile de gaze.

— Mais tu n'as donc pas compris un mot de ce que je te disais à l'instant ? Il y a tout au plus, dans mes bagages, un yatagan rapporté à ton intention ; tu ne me verras jamais lire le Coran, et, quant aux yeux noirs, les seuls que j'aie achetés là-bas, sont ceux d'une cuisinière abyssinienne à qui j'ai accordé généreusement la liberté avant mon départ. Si jamais je prends femme, ce qui est peu probable, car je n'ai guère l'espoir de faire des conquêtes, tel que me voici, ce sera une Française unique et légitime, qui puisse servir de mère à Blanche.

— Te marier !... volontairement... à vingt-huit ans !

— Tu me rajeunis. Tout est vieux en moi : l'esprit, le caractère ; le corps est bien cassé aussi, va ! Il y a des climats qui entassent en quelques mois beaucoup d'années sur votre tête.

— Eh ! mais tu me fais l'effet de porter sur la tienne les quarante siècles contemplés par les pyramides. Comment! il te faut déjà une garde-malade, à toi qui as failli planter ta tente au désert.

— Mon Dieu oui! J'ai rapporté de mes poétiques excursions des goûts très-modestes, des aspirations vulgaires. Le coin du feu me tente, peut-être parce que j'en ai absolument perdu l'habitude. On revient aux instincts primitifs chez les sauvages. Je vais acheter des terres et mener une vie de paysan auprès de ma sœur.

— C'est cela; je vois d'ici ce que tu rêves: les hautes girouettes d'un petit castel en Touraine, une petite blonde à la fenêtre guettant ton retour, quand tu irais visiter tes champs... Eh bien! Félix, ton idéal va être mon enfer.

— Que veux-tu dire; on te marie de force?

— Allons donc ! tu sais bien que ma mère m'a toujours gâté. Jamais sa volonté n'est venue contrarier la mienne.

— Oui, mais c'est peut-être justement parce qu'elle se garde bien d'ordonner que tu es sans défense ?

Gaston passa ses deux mains sur son front comme pour en chasser une pensée maussade.

— Et où vas-tu ? demanda-t-il à Félix.

— Au château de la Fresnaie, chez une vieille parente, mademoiselle de Lussy, qui, depuis la mort de mon père, garde Blanche auprès d'elle.

— Tant mieux ! mademoiselle de Lussy est voisine et proche parente de la famille de Vallombre, chez laquelle je vais faire un long séjour.

— Quel soupir ! Tu me l'expliqueras tout à l'heure. Le train s'arrête et je meurs de faim.

Ils descendirent et se dirigèrent vers le buffet.

Le seuil était entièrement obstrué par une colossale crinoline, recouverte d'un nombre considérable de volants, cachés eux-mêmes sous des flots de dentelle. Cet amas d'étoffe était surmonté d'une toute petite toque, dont la longue plume rouge flottait au vent.

— Pardon, madame, dit courtoisement Gaston, en attendant qu'on se dérangeât.

La plume rouge fit volte-face et laissa entrevoir un minois de blanc de perle et de rouge végétal.

— Claudia ! s'écria l'officier ; mais c'est donc le jour des surprises ! Je viens de rencontrer

8

un vieil ami que je croyais perdu, et mon bon
génie jette sur la ligne de Tours...

— Votre plus joli souvenir, interrompit
effrontément la Claudia en lorgnant Félix et
son habit par trop scientifique, avec un sourire
dédaigneux. Pour le moment, votre bon
génie ne vous octroie pas grande faveur,
car je file sur Bordeaux avec un lord qui
me conduit aux bains des Pyrénées. Vous le
voyez là-bas avaler un verre de sherry.
Vrai ! il me plairait assez de le planter là pour
vous suivre, car j'aime à m'instruire, et monsieur doit avoir des choses amusantes à raconter ; il me fait l'effet d'arriver de bien loin.
Mais mon médecin m'a recommandé les Eaux-
Bonnes. Il faut faire provision de beauté et de
bonne santé pour cet hiver, pour le temps où
tu seras des nôtres, dit-elle à l'oreille de Gas-

ton. Adieu ! et ne vas pas me trahir avec quelque héritière tourangeotte ; tu sais si je suis jalouse ! — Monsieur.....

Elle fit à Félix une révérence moqueuse, envoya de loin un petit signe amical à Gaston, et alla reprendre le bras d'un Anglais, beau comme Antinoüs, qui, tandis qu'elle parlait, avait entièrement vidé la bouteille de sherry.

On remonta en voiture.

Les deux jeunes gens se trouvèrent seuls, les bons bourgeois qu'ils avaient étourdis et scandalisés s'étant réfugiés ailleurs.

— Cette Claudia est charmante, dit Gaston ; si tu la voyais à cheval avec son habit couleur tourterelle ! Ah ! c'est son triomphe ! Tu en tomberais amoureux si tu la voyais à cheval, je te jure. Est-ce que tu n'as jamais été amoureux, Félix ?

— Je n'en ai point encore eu le temps. Mais ce n'est pas sérieux, j'espère, ce que tu me disais tout à l'heure ? Tu ne vas pas aller offrir ce cœur qui reste accroché au char de Claudia et autres demoiselles de la même famille.

— Eh ! que veux-tu ? On me somme de tenir des engagements pris en mon nom vers l'époque de mon baptême et ratifiés par moi à l'âge de quinze ans. Je suis esclave de ma parole, et j'enrage.

— Voyons, tu ne te sens pas capable de rompre avec tes folies de jeunesse, de t'attacher uniquement à cette pauvre fille qu'on te destine ?

— Si encore on ne me demandait que de rompre avec mes folies ! c'est avec mon état qu'il faut rompre aussi. Mademoiselle de Vallombre exige que je donne ma démission, conçois-tu ? J'aurai senti pendant deux ans

le sabre me battre les jambes, et au moment
où il s'agit de le tirer du fourreau, où tous
mes camarades partent ou sont déjà partis
pour la Crimée, on me dit : Endossez un
habit noir et marchez à l'autel, victime obéis-
sante ! Si je l'aimais, encore ! Mais, pour
moi, cette enfant maigre et délicate, blonde
comme les épis, blanche comme un cierge,
n'est et ne sera jamais une femme.

— Et cette poupée si artistement badigeon-
née, est-ce une femme ?

Ici un voyageur s'introduisit dans le compartiment où ils se trouvaient, et ce ne fut
qu'à voix basse que Gaston put énumérer les
raisons qui rendaient mademoiselle Claudia
adorable à ses yeux.

Nous n'avons pu rien entendre de ce pané-
gyrique fougueux, qui amena sur le visage

8.

placide du jeune d'Aubray une expression
d'ébahissement impossible à rendre.

— Tu commettras une mauvaise action si
tu te maries dans des dispositions semblables,
dit Félix.

— C'est ce que je tâcherai de faire entendre
à ma mère, mais la pauvre chère aveugle croit
Suzanne capable d'opérer des miracles.

— Enfin, quelle personne est-ce donc que
mademoiselle de Vallombre?

— Je te l'ai dit : Point jolie, gauche et
timide. Une bonne petite créature, d'ailleurs,
qui passe ses matinées à visiter les pauvres,
ses journées à parcourir les environs un car-
ton à dessin sous le bras, car elle a un grand
talent de peinture. Encore un grief. Je déteste
le génie chez les femmes; c'est toujours un
prétexte pour n'avoir pas d'esprit,

— Vouvray ! cria un employé en ouvrant la portière.

Deux voitures stationnaient à quelques pas de là; l'une, un poney-chaise vide, attendait Gaston pour le conduire à Vallombre; de l'autre, une lourde et massive calèche, s'élança une petite fille, qui tomba dans les bras de Félix avec des cris de joie.

—Ma sœur ! dit ce dernier, et presque étouffé par son étreinte, il put à peine prendre congé de Gaston, en lui promettant de le revoir.

II

Il tint parole et huit jours ne s'étaient pas écoulés, qu'il suivait le chemin qui conduit de la Fresnaie à Vallombre. Ces châteaux sont situés à trois kilomètres l'un de l'autre, sur le coteau qui domine à la fois la délicieuse vallée de la Cisse et celle de la Loire. D'un côté s'étendent des campagnes toutes vertes, entrecoupées de bois et de prairies qui se déroulent jusqu'au Cher; de l'autre, les bourgs et villages de Saint-Ouen, de Pocé, de Vouvray s'étagent au-dessus du fleuve que surplombe en cet endroit une chaîne

de rochers. Chaque roche est une maisonnette
où niche une famille de vignerons, et la
fumée des cheminées tournoie au milieu des
gênets en fleurs, dont la belle couleur d'or pâle
égaye le sol pierreux.

· Rien de plus étrange que ces caves super-
posées dans lesquelles s'agite toute une popu-
lation laborieuse et active, que ces clos aériens
parfaitement cultivés néanmoins et où la vigne
croit en abondance, sur une pente creusée
par de perpétuels éboulements. Des saules
touffus bordent la Loire, et leur feuillage
chargé de vapeur dessine à perte de vue, une
ligne mollement ondulée sur laquelle se décou-
pent les grands bancs de sable, mornes et mé-
lancoliques. — Dans le lointain, on distingue
la majestueuse silhouette de la cathédrale de
Saint-Martin; à l'ouest, les ruines de la Roche-

Corbon viennent jeter leur ombre sévère sur
les villas qui se succèdent de Vernou aux portes
de Tours.

Au sein de cette nature capricieuse et
coquette, près de l'embouchure de la Cisse,
Vallombre montre ses tourelles sculptées à jour
dans la blanche pierre de Bourré, son perron
à double rampe contournée, sa longue terrasse
bordée d'arbustes exotiques, qu'on peut apercevoir de cette levée qui suit la route de Paris
à Bordeaux.

C'est un petit château tout moderne, dont
l'architecture n'a aucun caractère distinct ni
correct, mais si mignon, si élégant d'ailleurs,
qu'il fait l'effet d'un bijou enchâssé avec
art dans ces escarpements, qui, vus d'en bas,
donnent le vertige. Un grand parc l'entoure
de silence, de verdure, de cette fraîcheur

embaumée, inconnue d'ordinaire sur les cimes.

Il était trois heures de l'après-midi ; Félix arrivait fatigué d'une longue course. Voulant reprendre haleine avant de se présenter au château, il évita d'entrer par la grille principale ; une petite porte entre-bâillée lui fit apercevoir la triple avenue d'acacias qui borde la terrasse ; il s'y enfonça à pas lents, en s'essuyant le front. De cette allée, la vue est ravissante. Félix allait s'approcher de la balustrade pour mieux admirer, lorsque soudain il recula étonné par l'apparition d'une robe de mousseline et d'une ombrelle ouverte, sous laquelle ondoyaient des boucles de cheveux blonds.

— C'est mademoiselle de Vallombre, se dit-il.

Sa sœur lui avait parlé et parlé avec enthousiasme de la fiancée de Gaston. La curiosité

le saisit ; en même temps son insurmontable
timidité l'arrêtait ; il passa dans la contre-allée
et regarda entre les branches , sans oser
avancer.

Une petite brise venant de la Loire ébranlait
les acacias, dont les fleurs tombaient autour
de Suzanne comme une pluie de neige. Elle était
assise; ses yeux, fixés sur la route qui ser-
pente au bas du coteau, semblaient interroger attentivement l'horizon ou le ciel ; à
quoi pensait-elle ? Qui pouvait-elle attendre ?

Félix ne se le demanda pas longtemps.

Le pas d'un cheval avait retenti ; elle prêta
l'oreille ; puis il la vit bondir, ses traits s'éclai-
rèrent subitement et elle courut vers le château, effleurant à peine la pelouse, avec des
mouvements d'oiseau. Une des barrières don-
nant sur l'avenue s'ouvrit alors. Gaston parut,

un bras passé dans la bride de son cheval, une rose entre les dents. Elle était venue à sa rencontre évidemment. Pourquoi donc demeura-t-elle tout à coup hésitante?

En passant la grille, Gaston avait laissé tomber, sans y prendre garde, la fleur qu'il tenait. Cette singulière fille attendit qu'il fût loin, puis, elle jeta autour d'elle un regard rapide pour s'assurer que personne ne la voyait, ramassa la petite rose à demi effeuillée et la mit dans son sein. Au même instant, elle fut rejointe par Félix, qui, sorti de sa cachette, l'avait suivie en longeant le rideau d'acacias. Mademoiselle de Vallombre poussa un léger cri et prit la fuite, comme une gazelle effrayée. Aussi troublé qu'elle, Félix ralentit le pas et s'arrangea pour lui laisser le temps d'arriver longtemps avant lui.

La scène dont il venait d'être témoin nuisit
un peu à cette jeune fille dans son esprit, car
il était médiocrement romanesque et peu indul-
gent pour les petites hypocrisies qui jouent
la pudeur.

— La femme que j'épouserai, se dit-il,
viendra gaiement me tendre la main avec une
bonne parole; elle ne baissera pas les yeux
en ma présence pour ramasser derrière moi
une fleurette échappée de ma boutonnière.
Vous êtes trop passionnée et pas assez franche
à mon goût, mademoiselle Suzanne.

Et il fouettait l'herbe du bout de sa canne
avec cette irritation involontaire qu'éprouve
tout homme, fût-il un sage, quand il voit une
femme, même indifférente, presque inconnue,
accorder à un autre un témoignage de préférence.

Sous cette impression, il arriva devant le
perron, où fumaient monsieur de Vallombre et Gaston, tous deux en vestes de chasse
et plongés dans de grands fauteuils rustiques. Le comte fit le meilleur accueil à
l'ami de son futur gendre et de mademoiselle
de Lussy. Il était de ces gens qui se livrent
en une minute au premier venu ; la bonté
était peinte sur ses traits, une bonté banale,
un peu niaise, bien qu'avec cela il eût grand
air et la mine fière, la tournure martiale par-
ticulière aux gardes du corps de S. M.
Charles X. Ce vieux beau de la Restauration
n'avait pas longtemps porté l'épée, et son
épée n'avait dû être qu'une des lames de ba-
leine inoffensives qu'au temps de Louis XV
les petits seigneurs poudrés et musqués appelaient une *excuse.* Ses fonctions d'aide

de camp du duc de Mouchy n'eurent jamais
de caractère belliqueux et ressemblaient fort à
celles de chambellan.

Il avait placé les dames dans la chapelle
royale et promené sa magnifique personne dans
les salons et les antichambres des Tuileries,
jusqu'à ce que son nom fût devenu synonyme
d'élégance, de politesse et de galanterie; il
avait fait, sans y mettre de malice, la conquête de toutes les beautés à la mode; il
avait rempli en conscience son rôle de courti-
san, qui s'était terminé par un baiser respectueux déposé sur la main du roi à Cherbourg,
où il fit partie de la dernière poignée de fidè-
les. Puis, toujours avec le même flegme, la
même dignité, la même grâce exquise, il avait
brisé cette épée qui, pendant des années, avait
traîné orgueilleuse sur les dalles du palais ou

discrète sur le tapis des boudoirs. La patrie, en perdant ses services, perdit peu ; mais le comte se figura toujours qu'il avait cruellement puni l'usurpateur en lui refusant son serment ; il renonça à toute carrière publique, et prit le chemin de ses terres avec cette fierté dédaigneuse dont Achille, en se retirant sous sa tente, a légué la tradition aux mécontents de tous les partis.

L'ennui vint vite le chercher dans sa nouvelle existence. Pour le conjurer, il s'avisa d'un remède héroïque, vu ses cinquante ans ! Il se maria... il se maria par amour, à ce que tout le monde dit, car comment expliquer autrement le choix qu'il s'avisa de faire d'une très-jeune fille aussi jolie que pauvre? Elle accepta de grand cœur, cela va sans dire. A peine avait-elle regardé l'époux. Elle eut un esclave

en la personne de M. de Vallombre, qui poussa
la complaisance pour les goûts bourgeois de sa
femme, jusqu'à leur sacrifier son vieux manoir
héréditaire. Sur ses ruines s'éleva bientôt le
château actuel de Vallombre, qui devint le
rendez-vous des plaisirs bruyants, des réu-
nions fastueuses, de tout ce qui gâte la vie de
campagne, en la rendant semblable à la vie
parisienne.

La jeune comtesse avait beaucoup désiré
d'abord briller à Paris; sur ce chapitre comme
sur tous les autres, ses vœux furent réalisés;
mais son minois chiffonné n'y ayant pas
produit toute la sensation qu'elle espérait, il
lui sembla plus glorieux de tenir le sceptre
dans sa province. Ses journées se passaient à
Vallombre dans une oisiveté superbe. Elle était
coquette à l'excès; pourtant sa réputation souf-

frit peu des escarmouches qu'on lui livra. Non
qu'elle fût attachée à ses devoirs. Elle ne s'en
connaissait aucun, n'ayant jamais pris le
temps d'y songer; non qu'elle fût très-sur-
veillée par son mari, qui professait en pareille
matière une confiance aveugle et du meilleur
goût, mais elle n'avait pas assez de suite dans
les idées pour conduire une intrigue ou même
pour ébaucher simplement un roman. La seule
affection vive qu'elle éprouva jamais fut pour
une amie de pension, qui habitait non loin
d'elle par suite de son mariage avec un riche
propriétaire tourangeot. Moins jolie que sa
compagne d'enfance, madame de Courvol
avait plus d'esprit et plus de cœur, et son
intimité avec une personne aussi inférieure
moralement, ne s'expliquait guère que par
un certain besoin de domination qui était

en elle, et auquel cette nature faible se pliait.

Restée veuve de bonne heure, madame de Courvol fut défendue contre la tentation d'un second mariage par son dévouement maternel; les deuils douloureux qui se succédèrent dans sa vie, la laissèrent en proie à une tristesse profonde. Un seul de ses fils vécut jusqu'à l'âge d'homme, et ce fils, Gaston, fut dès ses premières années choisi pour gendre par les Vallombre, dans la prévision de la naissance d'une petite fille qu'attendait impatiemment la comtesse, car une petite fille est un charmant prétexte à pompons, à broderies et à dentelles.

Lorsque Suzanne vint au monde, on la montra donc au bambin ébahi, en disan :

— Voilà ta femme.

Et cette phrase fut si souvent répétée, tantôt sérieusement, tantôt par plaisanterie, qu'elle suffit pour lui faire prendre en horreur le nom seul du mariage.

— Quel esprit, quel cœur, quelle éducation ces deux automates peuvent-ils avoir donnés à leur enfant? se demandait Félix, alternativement impatienté par les poses maniérées de madame de Vallombre et par les phrases creuses de son mari.

Et de minute en minute, il s'attendait à voir paraître mademoiselle Suzanne.

Mais il attendit en vain. La jeune fille ne descendit de sa chambre qu'à six heures, lorsque tout le monde était déjà dans la salle à manger.

Elle fit une révérence timide, puis alla droit à son père, lui prit le front dans ses

9.

deux mains et l'embrassa avec tendresse avant de s'asseoir entre lui et Gaston. Ses yeux ayant rencontré ensuite ceux de M. d'Aubray, elle se troubla visiblement, et, durant tout le diner, n'ouvrit pas la bouche, examinant les fleurs de son assiette avec une singulière obstination.

Félix put l'étudier à son aise. Au repos, cette figure étroite, au teint pâle, aux cheveux fauves, était loin de séduire ; pour la trouver jolie, il fallait la voir lorsque Gaston lui parlait ou lorsqu'il lui témoignait quelque affection en s'occupant d'elle, en lui rendant de ces menus services qui n'ont de prix que par la grâce qu'on y met. Alors ses joues se coloraient légèrement, un éclair jaillissait de sa prunelle limpide et verdâtre comme une aigue-marine.

— Qu'as-tu fait aujourd'hui, mignonne ? lui demanda son père. Personne ne t'a vue.

— Elle a passé toute la matinée dans son atelier, répondit pour elle madame de Vallombre.

— Ah ! voilà un point sur lequel vous pourrez vous entendre, s'écria Gaston. La peinture ! c'est le début de toutes les graves folies de Félix. Figurez-vous qu'il voulait être artiste... le premier pas était franchi. Il avait obtenu un prix de Rome et du succès à deux expositions successives. Pour mûrir son talent, il a voulu l'exposer au soleil d'Orient, et là le découragement l'a pris. Il a jeté ses pinceaux qui ne traduisaient pas assez éloquemment ses enthousiasmes et il a passé des arts à la science.

— Il n'y a que le vrai mérite qui se laisse aller à ces découragements-là, dit Suzanne. Moi, quand j'ai reproduit tant bien que mal la fleur que j'aime ou un site qui me plait,

je suis ravie de moi-même... Vous jugerez
s'il y a de quoi, monsieur, dit-elle à Félix
avec une bonne humeur d'où toute prétention
était absente.

— Faisons donc une visite à votre atelier
avant que la nuit ne tombe, mademoiselle.

On s'était levé de table. En ouvrant la porte
qui séparait la salle à manger de son atelier,
Suzanne vit Félix et Gaston qui se rappro-
chaient l'un de l'autre pour causer tout bas.
Une crainte vague parut la saisir, la crainte
sans doute qu'on ne divulguât l'histoire de la
rose et du baiser. Alors, surmontant l'embarras qui l'avait paralysée d'abord, elle s'avança
vers les jeunes gens et regarda M. d'Aubray
d'un air suppliant en joignant les mains. Ce
geste ne fut remarqué que de lui ; il y répondit par un sourire qui promettait le secret.

Cette muette prière, ce sourire plein de bienveillance et de respect, cette innocente complicité dès le premier instant de leur rencontre,
fit tout à coup deux amis de ces deux êtres
qui se connaissaient à peine, et la soirée se
ressentit de leur entente tacite ; elle fut joyeuse,
intime. Bien qu'il se moquât de lui-même en se
traitant de pédant, et pour cela même, Félix,
loin d'être affecté ou sérieux à l'excès, avait
tout l'entrain de son âge. Sa bonhomie fit la
conquête de toute la maison, à l'exception
peut-être de madame de Vallombre, qui ne
le trouva pas suffisamment *homme du monde*,
c'est-à-dire empressé auprès d'elle.

Suzanne observa qu'il s'effaçait toujours
devant Gaston, provoquant pour lui les occasions de briller, de déployer sa verve ; elle
lui en sut gré, de même qu'elle lui sut gré

des éloges accordés aux albums qu'elle fit
passer sous ses yeux. Ce n'était pas vanité
de sa part; les compliments la touchaient peu
d'ordinaire et elle n'attribuait aucune valeur
aux compositions ingénieuses que trouvait
facilement son crayon; mais ces éloges lui
étaient prodigués devant Gaston, et elle les
savourait avec délices en songeant qu'il les
entendait.

Madame de Vallombre étouffa cependant un
léger bâillement.

— Vous aimez les dessins de Suzanne, dit-
elle. Moi je maudis cette idée fixe qui l'absorbe.
Il n'y a pas de talent plus égoïste que celui-
là, d'occupation qui puisse isoler davantage.
L'humeur sauvage de ma fille est-elle la cause
ou l'effet de cette passion dominante?

Suzanne répondit par un regard froid et un

peu railleur, que Félix comprit et qui l'attrista.
Personne jusque-là n'avait été assez perspi-
cace pour sonder les profondeurs de ce cœur
d'enfant. Rien n'échappait à Suzanne, ni la
nullité de son père, ni les allures évaporées de
sa mère, qu'elle jugeait sévèrement, ayant
surpris et enseveli dans le silence de sa pensée
beaucoup de ces secrets qui ne comptent pas
dans la vie d'une coquette, mais que repousse
une imagination de vingt ans. Les aimables
travers qu'elle avait eus sous les yeux l'avaient
toujours choquée au point de la faire tomber
dans l'excès contraire. Abandonnée à une in-
stitutrice inepte, elle s'était élevée seule, pour
ainsi dire, sans que la direction maternelle
intervînt en rien dans son éducation. Grave
et studieuse, elle avait lu, réfléchi, tandis
que la comtesse ne s'occupait d'elle que pour

veiller à ce qu'on l'affublât le plus longtemps
possible de robes courtes, dont l'aspect enfantin empêchait de compter ses années et les
siennes par la même occasion. — Le père,
malgré sa sollicitude, ne s'était jamais demandé si c'était une souffrance physique ou
une préoccupation morale qui assombrissait le
front de sa fille. Suzanne l'aimait beaucoup,
mais comme on aime un être d'une nature
essentiellement différente de la vôtre, qui n'a
ni la même langue ni les mêmes sensations,
et ne peut, par conséquent, vous comprendre.
Elle avait donc grandi, solitaire, mettant toute
l'exaltation dont elle était capable dans son
art, sa religion et la tendresse exaltée que lui
inspirait Gaston. Cette tendresse, que la timidité l'empêchait de témoigner d'aucune
façon, se répandait sur madame de Courvol;

qu'elle idolâtrait par idolâtrie pour son fils.

Félix sentit tout cela en un instant, et aussitôt l'élan involontiare qu'on nomme sympathie, jeta son cœur aux pieds de Suzanne.

A partir de ce jour, des relations de voisinage presque quotidiennes s'établirent entre lui et les Vallombre, soit que ceux-ci vinssent chez mademoiselle de Lussy, soit que Félix se rendît chez eux.

Suzanne avait pris en vive amitié la petite Blanche, qui, sous prétexte d'apprendre quelque ouvrage de femme, passait souvent plusieurs jours à Vallombre. Elle était le lien entre son frère et Suzanne, parlant sans cesse de l'un à l'autre, vantant à sa grande amie la bonté de Félix, s'extasiant avec celui-ci sur les perfections de sa grande amie. Le ré-

sultat du babillage et des gentilles indiscrétions
de Blanche fut d'abord de fortifier chez Félix
l'intérêt éclos à première vue, puis d'inspirer
à Suzanne une confiance et une estime singulières, qu'elle n'avait jamais ressenties pour
personne.

Gaston, souvent absent, sous prétexte de
chasse dans les environs, ne faisait que passer
de temps en temps quelques heures au logis.
Il rentrait fatigué d'une longue chevauchée,
ayant grand'faim ou grand sommeil, et ne
songeait guère à remarquer tels petits frais de
toilette qu'on avait faits pour lui. Félix voyait
mieux, et ne manquait jamais de lui signaler
ces manifestations, bien timides, sans doute,·
quoiqu'on se les reprochât comme trop auda-
cieuses. Avec la fine intuition de son sexe, la
pauvre petite devinait qu'elle avait un allié

et le récompensait par une gratitude qui, pour
n'être point exprimée, n'en était pas moins
vive. Tout l'attirait vers M. d'Aubray, sa
douceur toujours égale, presque féminine,
sa gravité même qui le vieillissait un peu et
lui seyait mal, au dire de la plupart des gens.

Gaston l'avait accoutumée à des allures en-
joués, badines, à cette galanterie élégante qui
coûte si peu quand on a le cœur libre et qui
assure l'éternelle supériorité de ceux qui
n'aiment pas sur ceux qui aiment. Les indifférents l'eussent jugé très-amoureux, d'après
son langage et ses manières, qui charmaient
et inquiétaient Suzanne tout à la fois.

Elle rougissait sous son regard et était près
de défaillir toutes les fois qu'il lui adressait
un compliment. Le ton amical et sérieux de
Félix la reposait et la rassurait au contraire.

Grâce à ses fiançailles, elle jouissait d'une
certaine liberté, et lorsque Gaston courait les
champs, ils restaient souvent seuls tous deux
dans l'atelier, à travailler ensemble.

Rien de plus recueilli que ce réduit, de
plus propice à la causerie. Pourtant on y
parlait peu. Assis chacun devant un chevalet,
Suzanne et Félix semblaient absorbés au point
de s'oublier l'un l'autre. A peine le silence
était-il rompu par l'écolière qui demandait un
conseil, ou par le maître qui développait
quelque théorie d'art.

On l'écoutait attentivement, on répondait
par monosyllabes, puis, une seconde après,
s'il arrivait à Félix de jeter un regard du côté
de Suzanne, il l'apercevait songeuse, les mains
pendantes, sa palette sur les genoux. La voix
de Gaston retentissant dans l'escalier, elle re-

venait à elle, se remettait à peindre avec une activité fébrile et gâtait en deux coups de pinceau son travail de la journée.

Mademoiselle de Lussy, prudente et soupçonneuse comme une vieille fille, entreprit d'éclairer la famille sur les dangers de pareils tête à tête.

— M. d'Aubray rival de Gaston ! s'écria madame de Courvol. Mais regardez-les donc ! est-ce possible ?

Et l'idée qu'on pût préférer quelqu'un à son fils, la fit rire aux éclats pour la première fois depuis longtemps.

— D'ailleurs, reprit M. de Vallombre, c'est à Gaston plutôt qu'à nous de se tourmenter de ces dangers-là. Il a confiance en son ami, et pour se montrer confiant, un amoureux exige plus de garanties qu'un mari.

Il se rengorgea sur cette belle parole.

— Et puis, dit la comtesse, que peut-on craindre avec notre pauvre fille ? Elle est possédée tout entière par un de ces sentiments exclusifs qui ne viennent qu'aux organisations froides et qui les occupent assez pour les empêcher de s'apercevoir qu'il existe des hommes au monde, hormis un seul.

Sur ce dernier point, elle avait raison ; la meilleure sauvegarde pour une femme est un grand amour.

A deux mois de là, le 15 août, on célébrait la fête de madame de Vallombre. Il y eut gala, spectacle, bal et feu d'artifice, car la grande affaire était d'éblouir et de faire mourir d'envie tous les châtelains du voisinage. La comtesse sortait, comme une rose épanouie, d'un flot de dentelles d'argent ; elle éclipsa toutes

les femmes, elle désespéra toutes ses amies,
elle reçut dans la soirée cent madrigaux
débités par des petits jeunes gens adorables
de dix-huit à vingt-cinq ans.

M. de Vallombre triomphait, rayonnait;
Gaston polkait, mazurkait comme un fou, en
serrant contre les broderies de son uniforme
les épaules les plus satinées, les tailles les plus
fines, qui, toutes, se laissaient faire sans se
plaindre. Les œillades formaient autour de
lui un véritable incendie, les anecdotes circu-
laient à voix basse sur cet irrésistible, que les
petites demoiselles enviaient à Suzanne, et que
les mères défendaient aux jeunes filles de regarder, comme elles l'eussent fait pour Lovelace. Et il riait sous cape de ces avances, de
ces terreurs provinciales, pressait indistinctement la main de toutes les danseuses, satis-

faisait à toutes les jalousies, et de temps en temps, par acquit de conscience, allait inviter mademoiselle de Vallombre.

C'était peine perdue, car, à toutes les invitations, elle avait déjà répondu par un refus et paraissait décidée à refuser toujours. Assise dans un coin de la serre qui faisait suite aux salons, à l'écart comme un enfant boudeur, elle cachait derrière son éventail ses yeux, qui, par moments, se gonflaient de larmes.

Félix, qui ne dansait jamais, vint s'asseoir auprès d'elle.

— Qu'avez-vous? lui dit-il.

Gaston n'avait pas su lui demander cela.

— Rien, répliqua-t-elle d'une voix brève. Puis, après un silence :

— Est-ce que vous aimez, vous, M. d'Aubray, ce bruit d'orchestre et de parquets foulés, ces pirouettes de robes de gaze, ce va-et-vient de diamants et de révérences, ces parfums chauds, ces lustres qui aveuglent? Regardez les paysans, là-bas, sur la pelouse... à la bonne heure! c'est du plaisir! Votre bras, ajouta-t-elle en jetant sur ses épaules une mante de cachemire blanc.

Félix poussa une porte-fenêtre et l'air tiède du dehors entra avec l'odeur des orangers. Le ciel était bleu, bleu partout, d'un bleu noir. Dans les bosquets, aux branches des arbres, sous la feuillée sombre, les lanternes vénitiennes et les verres de couleur étincelaient comme des lucioles.

Ils descendirent le perron et marchèrent quelques minutes, sans échanger un mot, dans la grande allée qui s'étend devant le château. Les

10

paysans s'y livraient à une contredanse animée.

— Il y a encore trop de bruit ici, dit Suzanne en se dirigeant vers la terrasse.

Les girandoles de feu courant d'un arbre
à l'autre commençaient à s'éteindre et cé-
daient la place à un crépuscule voilé. La musique n'arrivait plus que faiblement, par
lambeaux ; on ne voyait du château qu'une
lueur rouge qui se reflétait dans le fleuve.

Suzanne s'assit sur un banc, à l'endroit
même où Félix l'avait aperçue pour la première
fois, et il se tint debout auprès d'elle, n'osant
interrompre sa rêverie.

— Mon père assurait ce matin que vous
vouliez bientôt quitter le pays. Il se trompait,
n'est-ce pas ?

— Non, malheureusement, mademoiselle ;
malgré la charmante hospitalité que j'ai trou-

vée ici, il me faut retourner à Paris. Je vais choisir un pensionnat pour y placer ma sœur.

— Et quand nous quittez-vous?

— A la fin du mois.

Elle sembla chercher quelque moyen de lui présenter adroitement une audacieuse requête, puis n'en trouvant pas sans doute, lui prit la main tout à coup.

— M. d'Aubray... je vous en supplie... restez!

Jamais prière ne fut prononcée d'un accent plus touchant et avec un pareil désir d'être exaucée. Il tressaillit et la regarda fixement, ne sachant que penser et presque aussi surpris de l'émotion qu'il sentait s'élever en lui que de ces singulières paroles.

— Restez! reprit-elle. Ne comprenez-vous pas que votre présence surtout contribue à le

fixer ici? que son congé va finir bientôt, et
que seules, sa mère et moi, nous ne parvien-
drons peut-être pas à le retenir? Écoutez, je
n'ai jamais dit à qui que ce soit ce que je re-
doute, ce que je souffre, mais vous pourrez
me conseiller, et avec vous, je n'ai pas peur.
Il est question, vous le savez, de notre mariage, comme d'un événement prochain. J'y
ai pensé quelquefois avec bonheur, mais bien
plus souvent encore avec angoisse, car Gaston
est dominé, à mesure que l'époque fixée approche, par quelque peine secrète; il y a bien
longtemps que je crois m'en apercevoir; cet
hiver, à Paris, le doute ne m'a plus été permis.
Il parlait sans cesse de sa carrière, et avec quel
enthousiasme! Comme le mariage doit l'arracher à cet état qu'il adore, il en repousse
l'idée; c'est trop clairement prouvé.

Jamais elle n'avait parlé avec autant de chaleur. Félix ne la reconnaissait plus.

— S'il s'agit de vous servir, je resterai, mademoiselle, mais je crois que vous exagérez mon utilité et les soucis de Gaston.

Elle secoua la tête.

— Comment ne lui feriez-vous pas tout oublier ? En admettant même qu'il soit assez fou pour regretter quelque chose, ses regrets ne dureront pas auprès de vous.

— Ah ! dites-moi cela encore ! J'ai tant besoin d'être rassurée. Il m'aime, n'est-ce pas ? et je me forge des chimères quand il m'arrive de trembler pour l'avenir ? Si vous saviez les terreurs qui s'emparent de moi ! comme il me semble que je ne suis pas la femme qui lui convient ! Il a le droit d'être exigeant ! Le monde l'a traité en enfant gâté.., cela de-

vait être... et quand je pense à tout ce qui a
dû enchanter son passé, succès, satisfactions
d'orgueil, et au peu que je lui offre en échange,
l'épouvante me prend.

Il n'y a rien de plus beau sur la terre que
la candide ignorance d'une jeune fille, possé-
dant sans le savoir, la grâce, les séductions
qu'elle envie, et confessant qu'elle voudrait
avoir tout cela, éternel et inaltérable, pour le
donner à l'homme aimé.

Félix l'enveloppa d'un regard d'admiration
qui eût dû calmer ses craintes.

— Je vous étonne? Mais vous êtes si indul-
gent! je ne vous reconnais pas la compétence
voulue pour juger ces choses. J'ai malheureusement trop de clairvoyance et je devine
la femme qu'il faudrait à **M.** de Courvol; une
femme vive, ingénieuse, spirituelle, habile

à se renouveler. Seule, elle pourrait lutter contre ces deux adversaires tout-puissants, le monde et l'épée. Suis-je ainsi ? Tandis que les désirs, les aspirations de Gaston s'éparpilleraient dans l'infini, je ne saurais, moi, que m'attacher de plus en plus... je l'ennuierais... et l'ennui est bien près de la haine...

— D'où vous viennent ces idées, à vingt ans, à l'âge où l'on croit et où l'on espère ? demanda Félix effrayé de l'entendre résumer ainsi tout ce qu'il avait cru jusque-là que sa simplicité n'avait pu ni sentir ni deviner.

Elle frappa sur son cœur.

J'ai beaucoup souffert, j'ai beaucoup observé, et puis les moindres détails éclairent...

— Mademoiselle, interrompit Félix, tout ce que je viens d'entendre me prouve que vous

cherchez, que vous creusez sans cesse des
sujets de chagrin, tout à fait illusoires ; sur un
seul point, vous avez raison, et puisque vous
daignez aujourd'hui me prendre pour confident, permettez-moi d'être sincère et de vous
parler comme un ami. — Les femmes ne nous
pardonnent jamais d'avoir auprès d'elles une
pensée qui ne les concerne pas ; elles veulent
être l'affaire unique, essentielle, et considè-
rent comme des rivales, les mille préoccupa-
tions qui entraînent le mari loin d'elles : sa
carrière, son travail, ce qui doit être au fond
l'aliment et le but de la vie. Elle ont grand
tort, croyez-moi, car le foyer qui leur suffit,
est comme vous le disiez tout à l'heure, trop
étroit pour la plupart des hommes, qu'il faut
laisser s'ébattre dans le cercle de leur activité,
de leurs projets, de leurs ambitions. Résignez-

vous à épouser un officier; et cette conces-
sion faite, vous verrez s'évanouir, je vous le
jure...

— C'est impossible, interrompit vivement
Suzanne. La pensée d'une séparation, la
prévision d'une guerre, la possibilité d'un
péril pour lui me tuerait. Vous avez beaucoup d'influence sur Gaston... dites-lui tout
ce que je n'oserais dire, aidez-nous à triompher et je vous aimerai comme un frère !

C'était une nuit sombre et sans lune ; quelques étoiles scintillaient faiblement au sein des
nuages épais tout gonflés d'électricité; à de
longs intervalles, un éclair pâle glissait parmi
les arbres ou traçait un sillon d'or mouvant
sur la surface immobile de la Loire. Suzanne
attribuait son accablement et sa tristesse, Félix
le frémissement intime qui l'agitait, à cette

langueur, à cette souffrance cérébrale qu'apporte l'orage.

Elle ne comprenait pas qu'une inquiétude, longtemps subie dans le silence du cœur, prend de nouvelles et violentes proportions lorsque l'aveu en est monté aux lèvres et que c'était le secret sentiment de l'indifférence de Gaston qui l'oppressait. Lui comprenait peut-être mieux qu'il est dangereux de se faire le confident, le conseiller d'une femme qui, après s'être montrée tendre et passionnée en parnt d'un autre, vous promet, à vous, l'affection d'une sœur.

Il lui sembla que ce qu'elle exprimait pour Gaston, il le ressentait pour elle ; leurs larmes se mêlèrent et peut-être les larmes de Félix furent cette fois comme celles de Suzanne, des larmes d'amour.

— Mais de quoi pouvez-vous donc causer depuis une heure ? — dit Blanche qui accourait vers eux. — On vous cherche de tous côtés. Les voilà ! cria la petite, en les entraînant vers Gaston.

— Félix est bien heureux et jamais vous ne m'avez accordé un si long entretien, dit M. de Courvol avec son malin sourire.

Il était un peu étourdi de valse et de champagne et parvint à jouer, sans trop de peine, son rôle d'amoureux, témoignant une jalousie que, malgré toute la clairvoyance dont elle se vantait, Suzanne ne crut pas feinte et qui la ravit de plaisir.

Le résultat de tout ceci fut qu'elle rentra souriante, avec un éclat inaccoutumé de teint et de regard, qu'elle dansa jusqu'au matin, presque constamment avec Gaston, et qu'elle

se coucha joyeuse, rassurée, en se disant qu'il
l'aimait et qu'elle était une ingrate.

Tandis qu'elle remerciait Dieu, en s'accusant d'avoir méconnu son bonheur, Gaston
dormait comme dort un hussard à la suite
d'un souper, et rêvait aux épaules de madame X, aux bras blancs de mademoiselle Y, qu'il avait oubliés le lendemain au
réveil.

Quant à la situation de Félix, elle eût été
plus difficile à analyser; lui-même ne l'envi-
sageait pas bien nettement. La petite fille dont
la froideur paisible lui avait paru jusque-là repousser tout autre sentiment que l'amitié, s'était
transformée à ses yeux. Il devait se la rappeler
toujours, telle qu'il l'avait vue, sortant de son
immobilité de marbre, par cette nuit d'orage,
et il souhaitait que Gaston eût son cœur

pour pouvoir comprendre Suzanne et la rendre heureuse.

Il lui raconta fidèlement la promenade, l'entretien dans le parc. Gaston partit d'un éclat de rire.

— Elle te confie ses secrets ! Elle, l'impénétrable ! Les sept sceaux posés sur ses lèvres se brisent pour toi ! Et tu ne comprends pas?... tu ne vois pas tout de suite le parti que tu peux tirer de ce personnage de confident ?

— Que veux-tu dire ?

— Eh mais ! que l'occasion serait merveilleuse pour enlever un cœur d'assaut...

— Tu sais trop bien qu'elle n'aime en moi que ton ami.

— De quel ton tu dis cela ! Ne te décourage pas, mon Dieu ! Souvent femme varie,

11

et cette fois, elle aurait raison de varier. Si tu voulais t'en donner la peine, tu parviendrais aisément à lui prouver ta supériorité.

Félix haussa les épaules avec impatience.

— Parle donc moins haut, elle a failli t'entendre, dit-il en voyant mademoiselle de Vallombre pousser la porte de la salle de billard où cette conversation avait lieu le surlendemain du bal.

Suzanne, qui était devenue coquette en se croyant aimée, descendait de sa chambre dans une fraîche toilette. Gaston changea aussitôt de langage et l'accabla de compliments.

— N'est-ce pas que je suis belle? dit-elle en se dressant sur la pointe de ses petits pieds pour se regarder dans la glace. — Vous ne dites rien, monsieur d'Aubray?

— Mademoiselle, je suis accessible plus que

personne aux fatalités de l'habitude. Depuis trois mois je vous vois vêtue de blanc et je vous trouve si bien ainsi, que le moindre changement dans votre personne m'attriste au lieu de me plaire.

— Voilà qui est d'un sentimental achevé, s'écria Gaston. Moi, j'aime la variété en toutes choses.

— Hélas ! on sait le bien, dit Suzanne en rougissant. Il faut se déguiser pour être à votre goût. On se déguisera, Monsieur. Mais nous parlons de futilités, ajouta-t-elle, quand nous avons à nous entretenir d'affaires très-graves.

— Suis-je de trop ? dit Félix.

— Non.... au contraire. Votre mère, Gaston, vient de me montrer une lettre du général P., qui m'a fait à la fois peine et plaisir. Vous l'aviez chargé de présenter votre démission au ministre. Je vous sais gré de ce sacrifice.

Gaston mordit sa moustache et se mit à marcher dans la chambre. Il songeait à toutes les ruses, à toutes les supplications que sa mère avait employées pour obtenir qu'il fît cette démarche dont il se repentait amèrement.

Suzanne l'observait.

— Mais j'ai vu aussi, continua-t-elle, que vous aviez demandé des conseils au général, plutôt qu'exprimé une volonté formelle, car il ne tarit pas en exhortations, en appels à votre honneur, en prières de réfléchir mûrement avant de briser votre avenir sans retour. Et puis il vous annonce, pour achever de vous ébranler, le départ prochain de votre régiment.... Que pensez-vous des conseils du général P. ?

Elle parlait avec le sourire malin d'une

femme qui croit maintenant à son influence et qui est sûre de triompher. Madame de Courvol lui avait donné confiance, avant de la lancer dans cette ambassade de séduction.

Pourtant, lorsque Gaston releva la tête, elle fut effrayée de voir un pli soucieux creuser son front.

— Je pense que ma place est à vos pieds, mais que mon général n'a pas tout à fait tort de dire qu'il y a une grande honte à déserter ainsi son drapeau.

— Et cette honte, vous la bravez, dit Suzanne dont les yeux se mouillèrent de reconnaissance.

— Il le faut bien !

Ce mot, dit avec un accent de tristesse et de révolte, la blessa horriblement :

— Il le faut ! mais n'êtes-vous pas libre encore ? ne le serez-vous pas toujours ?

— Suzanne !

— Ah ! ne vous effrayez pas... je comprends
les scrupules de dignité qui vous font hésiter
à quitter l'armée dans un pareil moment. —
Quoi que vous décidiez, rien ne sera changé
entre nous...

— Vous consentiriez...

— Non pas à vous épouser...

Elle s'arrêta, soit pour recueillir sa pensée,
soit pour étouffer un sanglot qui commençait
à lui briser la voix.

— Non pas à vous épouser avec la perspective d'une séparation longue très-certainement,
éternelle peut-être... mais le mariage pourrait
avoir lieu à la fin de la guerre aussi bien qu'au
commencement.

Elle n'entendit pas ce qu'il répondit; elle ne
vit que la joie qui se peignit instantanément

sur ses traits, elle ne sentit que le baiser qu'il déposa avec transport sur sa main brûlante.

— C'est moi qui vais dire à mes parents ce dont nous sommes convenus et vous épargner des remontrances, dit Suzanne.

Elle s'arrêta sur le seuil.

— Je ne me serais pas crue d'humeur aussi héroïque avant-hier, murmura-t-elle avec un sourire navré.

III

Dès que cette résolution fut connue, la famille tout entière éclata en reproches : madame de Courvol surtout était inconsolable. Elle n'avait pas retrouvé sans terreur chez son fils, un instinct belliqueux inné chez tous les hommes de sa race et dont le résultat avait été déjà le veuvage pour elle. Autrefois M. de Vallombre l'avait rassurée, en lui disant que l'uniforme était l'unique objet de ces désirs de jeune homme, qu'il fallait l'accorder à Gaston comme un hochet dont il se dégoûterait bien vite, grâce aux ennuis de la vie d'école et à la monotonie des garnisons. Et voilà que toutes les précautions devenaient vaines, que toutes les espérances s'écroulaient! Déjà malade, tourmentée de pressentiments sinistres, elle se sépara de son fils en pensant qu'elle ne le reverrait jamais. Quant aux parents de Suzanne, ils se résignèrent plus aisément au retard du mariage, et madame de Vallombre ayant déclaré de sa voix flûtée, que sa fille était vraiment trop jeune, qu'elle pouvait attendre longtemps encore, le comte, bien entendu, n'eut garde d'exprimer un autre avis.

Félix ne s'éloigna pas. Il resta tout l'été l'hôte habituel du château, puis vint s'installer à Tours, où Blanche avait été mise en pension.

A Tours comme à Vouvray, il vit souvent la mère de Gaston et les Vallombre qui habitaient ensemble, pendant la saison d'hiver, un vieil hôtel sur le Mail; cette année-là on mena une existence assez retirée à cause de la santé chancelante de madame de Courvol.

La pauvre femme passait sa vie dans des transes mortelles, que Suzanne l'aidait à traverser, oubliant absolument sa propre peine pour celle qu'elle avait à consoler.

Rien ne trahissait en elle l'inquiétude ni la mélancolie; les occupations quotidiennes, les devoirs domestiques, les bonnes œuvres, la

11.

peinture , rien n'était négligé. Félix se demandait parfois, si c'était bien cette fille impassible qui lui était apparue naguère si belle et
si touchante, et qui lui avait dit : « Restez ! »
d'un accent dont le souvenir remuait encore
toutes les fibres de son cœur.

Très-peu de temps après son arrivée en
Crimée, Gaston reçut une blessure à la tête et
durant quelques jours on ne sut à quoi s'en
tenir sur la gravité de son état. Cette nouvelle,
dut être cachée à sa mère qui serait devenue
folle d'épouvante, et Suzanne aida avec beaucoup de sang-froid à la tenir secrète. Elle n'eut
pas d'attaque de nerfs, ne témoigna que fort
peu d'agitation, seulement on remarqua qu'elle
était un peu plus pâle et un peu plus silen-
cieuse encore qu'à l'ordinaire, dans l'intervalle
des deux courriers. Lorsqu'elle apprit que la

blessure en question n'était qu'une superbe balafre du caractère le moins sérieux, elle poussa un grand soupir de soulagement et s'évanouit; cet excès de joie prouva seul quel avait été l'excès de son angoisse. Du reste elle prononçait rarement le nom de Gaston mais employait pour qu'on lui parlât de lui mille ruses, auxquelles M. d'Aubray se prêtait mieux qu'un autre. C'est pourquoi elle se plaisait dans sa société, et prolongeait une situation qui ne pouvait être dangereuse pour elle mais qui l'était beaucoup pour Félix. _

Ce qui est l'écueil des tempéraments amoureux d'imprévu, l'intimité de tous les jours, l'enveloppait au contraire de mille liens si doux et si forts qu'il ne concevait pas sans un trouble inexprimable que l'avenir dût les briser. Il s'était défendu contre le périlleux attendris-

sement où l'avait plongé les révélations de
Suzanne ; il était devenu avec elle plus réservé
qu'auparavant, il s'était promis, malgré l'au-
torisation cavalière de son ami, de ne jamais
l'aimer, et ses serments furent peut-être justement ce qui fit qu'il aima. Le premier symp-
tôme d'amour, il l'avait ressenti la veille du
départ de Gaston, lorsque Suzanne, par dépit
sans doute et aussi pour éprouver une fois
encore son volage fiancé, s'était livrée avec lui
à un petit manège de coquetterie bien inno-
cent en apparence mais dont souffrit ce pauvre
cœur timide, attentif à cacher ses impressions.
Personne n'en sut rien et il laissa saigner sa
blessure, en la dérobant soigneusement à la pitié
de celle qui l'avait faite. Depuis, Félix s'atta-
cha de plus en plus, et il fallut qu'il s'exaltât
singulièrement dans le devoir des privations,

dans l'amère jouissance du dévouement, pour ne jamais céder à la séduction qui l'entraînait. Ce qui le retenait aussi, il faut bien le dire, c'était la familiarité même de mademoiselle de Vallombre, cette liberté d'esprit, qu'elle conservait toujours avec lui.

Cependant les lettres de Gaston arrivaient tantôt pour sa mère, tantôt pour Suzanne, qui prenaient l'une contre l'autre une jalousie violente, selon que l'une ou l'autre recevait la faveur enviée. Ces lettres rayonnaient d'abord d'enthousiasme et de joie; c'étaient de vrais poëmes descriptifs, d'ardentes épopées; la poésie du danger couru, l'ivresse de la première blessure, ce côté romanesque de la carrière des armes qui vous fait croire qu'on vit comme les héros d'Homère, tout cela y débordait et fascinait ces pauvres femmes qui n'osaient plus se plaindre et admiraient de toutes leurs forces.

Félix, sans les contredire, se méfiait de cette *furia* d'un officier de vingt-cinq ans, trop ardente pour être de longue durée. Il avait raison ; peu à peu l'engouement de Gaston se calma.

La campagne se prolongeait ; les nouvelles qu'il recevait de France augmentaient à chaque instant ses inquiétudes au sujet de madame de Courvol, qui se mourait d'une maladie que le chagrin avait rapidement dévoloppée. Gaston était bon fils avant d'être soldat ; il le sentait maintenant aux élans de son âme vers cette mère dont il avait méconnu la tendresse et la volonté. D'autre part une mauvaise chance semblait le poursuivre ; son régiment, décimé dès le commencement de la campagne,

ne figura pas dans les affaires principales.
M. de Courvol resta longtemps à Constantinople, oisif et impatient, n'ayant pas pour
s'étourdir ce tumulte des batailles dont le
rêve l'avait si souvent poursuivi et dont l'écho
seul arrivait maintenant jusqu'à lui. Réduit
au rôle de spectateur, lui qui aurait voulu
agir, ne trouvant pas les événements aussi
grands que son imagination les avait créés,
il tomba d'abord dans le découragement, puis
il s'arma d'une nouvelle sorte de vaillance plus
noble et plus rare que celle qu'il avait connue
jusque-là : il se jeta dans l'étude, il se mit à
penser pour la première fois de sa vie, et ces
longs mois de dégoût, d'inaction, stériles au
point de vue de son avancement, portèrent des
fruits bien autrement précieux que ceux qu'il
avait ambitionnés, trempèrent le caractère mâle

qu'on lui connut plus tard et qui l'a placé au
rang des officiers les plus distingués de la gé-
nération actuelle. Sa mère s'apercevait, par sa
correspondance, de cet heureux changement;
souvent, en lisant à Suzanne le journal dont
il traçait chaque soir quelques pages :

— Tout est bien, disait-elle, il a eu raison
de partir, car tu le verras revenir digne de
toi. Et moi le reverrai-je?

Ses yeux alors se remplissaient de pleurs;
elle pensait que plusieurs fois déjà le retour
du régiment de son fils avait été annoncé
comme prochain, que toujours la bonne nouvelle avait été démentie, que le second automne approchait et que cette saison-là est
funeste aux malades.

C'était vers la fin de septembre. Madame de
Courvol était plus faible; elle avait été privée

longtemps, contre l'ordinaire, de ces dépêches quotidiennes qui seules la soutenaient; couchée sur un canapé près de la fenêtre, elle tournait du côté de l'orient ce regard des gens qui s'en vont, ce regard éclairci par l'approche de l'autre vie et qui, avant de se fermer sur celle-ci, voudrait dévorer l'espace et percer la nuit des distances. — Suzanne entra tout animée, tenant quelque chose qu'elle faisait sauter en l'air.

— Une lettre ! s'écria-t-elle en venant s'abattre sur un tabouret aux pieds de madame de Courvol, — une lettre de lui !

Elle l'embrassa avec un sorte de violence, car son cœur débordait :

— Chère bonne mère ! murmura-t-elle.

— Il n'y a pas de mère aimée, soignée, gâtée par sa fille, comme je le suis par toi, mon ange ; on ne pourra jamais te rendre assez heureuse pour acquitter ma dette. Allons, donne !

Et sa main se tendait, tremblante d'anxiété.

— C'est peut-être son arrivée qu'il annonce enfin ! c'est peut-être...

— Il fait presque nuit et il a une bien mauvaise écriture, vous savez ? Placée comme vous êtes là, il vous sera impossible de lire.

— C'est-à-dire que tu veux te réserver le plaisir de jeter le premier coup d'œil, petite rusée... soit ! tu me sers assez souvent de secrétaire pour que je te permette d'être une fois ma lectrice.

Suzanne avait déjà fait sauter le cachet et s'approchait de la fenêtre pour mieux voir. Il faut croire que l'écriture de Gaston était, en effet, indéchiffrable, car pendant cinq minutes elle promena sur les premières pages un regard rapide, effaré, sans paraître se souvenir que madame de Vallombre attendait.

— Eh bien, Suzette?

— Un instant encore, madame, je ne peux lire, je ne vois pas... je...

Elle se redressa tout à coup, blême, un cri sur les lèvres :

— Oh! ce n'est pas possible! il n'a pas écrit cela! ce papier ment! mon Dieu!

Tandis qu'elle cachait en sanglotant sa tête entre ses mains, madame de Courvol, comme galvanisée par l'émotion dont elle ressentait le contre-coup, s'était levée brusquement :

— Oh! ma pauvre amie! ne lisez pas!

Elle n'eut pas la force de lui disputer la fatale lettre :

« Il est inouï, mon cher Félix, qu'après ce qui s'est passé entre nous, tu t'obstines à me traiter en rival; permets-moi de rire des mauvaises querelles que tu me cherches, sans grande raison, et apprends que j'ai failli te laisser le champ tout à fait libre, en rendant veuve ta belle Suzanne.

» Je reviens de loin, à ne te rien céler et je ne suis pas trop bien encore. On nous a enfin rappelés devant Sébastopol. A peine arrivé j'ai été pris par le typhus; c'est une misère dont il ne faut pas parler à ma mère; j'invente, pour lui expliquer mon silence, la fable la plus vraisemblable. Ne lui enlève pas non plus l'espoir de me revoir bientôt, quoique pour moi (et j'en ai le cœur serré) cet espoir ait cessé d'exister.

» C'est une guerre monotone que celle qui se

fait ici dans les tranchées, et ce sera une longue guerre. J'en prends mon parti aujourd'hui, que je cours risque d'être tué par autre chose que par la maladie ; mais il a eu raison pourtant, celui qui a dit que pour mourir sous l'uniforme, il ne fallait avoir ni père, ni mère, ni femme, ni amie à faire mourir dans les larmes. Moi je n'ai qu'une mère, mais j'ai reporté sur elle toutes les affections dont je suis capable, et en ce moment je sacrifierais volontiers au sentiment filial si longtemps languissant, mon fétiche d'autrefois, si je le pouvais sans déshonneur... je lui sacrifierais tout... et mon épaulette, et les aventures, et ma rage d'indépendance, mes folles amours des temps lointains, cela va sans dire, ma haine du mariage même... J'irais, je crois, jusqu'à épouser mademoiselle de Vallombre ! — Sais-tu, à

propos de Suzanne que tu es bien maladroit
et imprudent. Comment! tu me parles d'elle
sans cesse, avec une vivacité dont je ne t'aurais jamais cru capable, et tu ne crains pas
d'enflammer mon imagination par l'attrait de la
seule chose qu'on aime en ce monde, l'impossible! Car enfin, j'ai placé un obstacle insurmontable entre elle et moi, le jour où je
t'ai permis de me supplanter auprès de cette
femme qui devait être mienne. Eh bien! le
cœur humain est si étrange, que je me répète
depuis ce jour-là : — Puisqu'elle peut inspirer de l'amour à un homme tel que Félix,
c'est qu'il y a réellement quelque charme en
elle, un charme que je n'ai pas su trouver,
mais qu'il me semblerait assez piquant de
chercher et de connaître. Cette tentation du
fruit que je me suis défendu, te donnera une

assez misérable idée de ma loyauté : rassure-
toi. Je suis plus fort que tu ne peux le penser,
car avec le poison tu m'envoies l'antidote, en
m'offrant de renoncer à elle. Belles phrases
héroïques, qu'on écrit sur le sable et que le
vent emporte ! Tu es pétri de l'argile commune,
et un jour viendra où tu oseras lui faire ta
cour, où elle comprendra que toi seul es
digne d'elle, où elle n'aura pour moi que de
la haine, de l'indifférence peut-être, ce qui
serait plus humiliant. Persévère et crois en toi.
Un peu d'audace, de vanité, de foi dans ton
étoile, voilà ce qui te manque. — Hélas ! que
ne puis-je t'envoyer le superflu de mes vices ! »

. . . .

Madame de Courvol en resta là ; elle es-
suya son front baigné d'une sueur froide et
se tourna vers Suzanne ; mais celle-ci avait

disparu, et sa femme de chambre vint bientôt après dire au salon qu'une migraine em-
pêcherait mademoiselle de descendre dîner.

Le comte et la comtesse recevaient ce soir-
la; ils s'inquiétèrent peu de ce qu'ils croyaient
être une indisposition passagère, et le supplice
de répondre à leurs questions fut du moins
épargné à Suzanne.

Dans la soirée, M. d'Aubray se présenta
chez madame de Courvol, qu'il trouva au lit.

— Eh bien? lui dit-elle d'un air égaré.

— Eh bien! madame, répondit Félix en
riant, nous parlions l'autre jour des bonnes
qualités que Gaston avait acquises... Grâce au
ciel, il a conservé un défaut à notre intention... Il est toujours distrait; figurez-vous
que j'ai reçu de lui ce matin, une longue
épître des plus respectueuses et des plus sou-

mises, dans laquelle, il m'appelle sa mère, d'un bout à l'autre. J'ai pensé que le mot de cette énigme, pouvait être un chassé-croisé d'enveloppes et que vous aviez quelque chose à me remettre en échange de ceci, dit Félix en posant sur le lit un volumineux paquet.

L'entretien qui suivit fut long et pénible. M. d'Aubray sortit très-ému de la chambre de la malade, et pendant plus de deux mois il ne reparut pas à Vallombre. Le bruit courut dans le pays qu'il avait repris la vie voyageuse, mais quelques personnes bien informées, prétendirent l'avoir rencontré dans les rues de Tours.

A la chute des feuilles, il reçut un billet bordé de noir, lui annonçant la mort de madame de Courvol.

Lorsqu'ils se revirent, M. de Vallombre,

12

fit subir à Félix, au sujet de son absence,
un interrogatoire dont il se tira à grand'peine;
la comtesse témoigna au jeune homme cet intérêt tout plein de distractions et de banalités
qui suffisait dans le monde pour lui assurer
la réputation d'une femme aimable. La bro-
derie de son mouchoir avait essuyé les larmes
versées au lit de mort de sa meilleure amie,
et elle ne comprenait rien à la douleur persistante qui accablait Suzanne. En effet, Suzanne avait dû regretter madame de Courvol,
si c'était à ce malheur seul qu'il fallait attribuer l'altération de ses traits.

Elle ne parla guère à Félix durant toute cette
visite. Au moment où il prenait congé d'elle,
se trouvant seule avec lui dans le petit salon :

— Quels projets d'avenir avez-vous? lui
dit-elle tout à coup.

— Je n'en ai plus.

— En faisiez-vous donc autrefois ?

— J'avais fait tout au plus un rêve, dit Félix d'une voix qu'il cherchait à rendre calme.

— Et ce rêve, vous n'ignorez pas que le hasard m'en a instruite ?

— Non, mademoiselle, c'est pourquoi, le sachant, j'ai voulu m'éloigner. Nous ne nous reverrons probablement plus.

Il faisait bonne contenance pour un homme dont le cœur était près d'éclater.

— Ne plus nous voir ? Et la raison, monsieur, de ce parti que vous prenez ?

— Oh ! tenez, ma pauvre enfant... il faut qu'on vous devine bien à plaindre, pour vous pardonner d'être cruelle à ce point !

Elle se recueillit une seconde.

— M. d'Aubray... que pourrait répondre

un homme très-sérieusement épris d'une femme, et à qui cette femme dirait : — Je ne me sens plus capable d'avoir d'amour pour personne, mais j'ai pour vous les meilleurs sentiments d'estime, d'amitié. Si vous voulez vous en contenter, je suis prête à vous confier le soin de mon bonheur ?

— S'il aimait comme j'aime, il donnerait sa vie pour entendre ce mot-là.

— Eh bien ! ne partez donc plus ; je ne vous ai pas défendu de m'aimer.

— Et ce ne sera jamais que de l'amitié ?

— Je vous promets de lutter avec vous contre mes douleurs passées, dit-elle avec un sourire doux et triste. Je ne vous défends pas de vous faire aimer.

. . . .

Félix avait toutes les délicatesses, il resta

envers Suzanne ce qu'il avait toujours été,
craintif, respectueux, esclave de ses moindres fantaisies. Il vécut auprès d'elle comme
si elle ne lui avait fait aucune promesse ni
même donné aucune espérance, et ne sut qu'elle
se souvenait de tout cela, que lorsqu'elle
l'autorisa formellement à demander sa main.

Le comte, à qui l'on avait toujours caché
l'épisode de la lettre, déclara d'abord ne pouvoir rompre ses engagements vis-à-vis de Gaston; mais sa fille suppliait, Félix d'Aubray
lui paraissait devoir être le modèle des maris;
il appartenait à une excellente famille; sa fortune, moins considérable que celle des Courvol, satisfaisait cependant ses ambitions; il
se laissa fléchir.

Quant à la comtesse, l'idée que Suzanne fût
inconstante et eût des caprices, lui fit lever les

12.

bras au ciel avec stupeur; cette protestation
fut la seule qu'elle se permit contre une résolution qui lui était au fond fort indifférente.

IV

Plus d'un an après, tandis que le comte de
Vallombre débitait mille galantes fadeurs à la
reine d'un des salons de Tours, qui a passé
longtemps, dans la province, pour une suc-
cursale de l'hôtel Rambouillet, on annonça
M. de Courvol. La bienvenue qui lui fut faite
parut le laisser assez indifférent. À son tour,
il était en grand deuil.

Les compliments de condoléance, accompa-

gnés de poignées de mains attendries, se
mêlèrent un instant aux félicitations qu'appelait la rosette rouge, épanouie sur sa poitrine.

— Je l'ai payée bien cher, dit-il avec une
mélancolie où perçait un peu de dédain ; elle
m'a été remise là-bas, le jour même où ma
mère mourait ici.

Sa physionomie avait pris une expression
sévère, qu'accentuait la belle cicatrice qui lui
traversait le front, et son langage, ses manières
étaient changés plus encore que ses traits. Les
femmes qu'il avait quittées jeunes filles, et
qui s'empressaient autour de lui pour en faire
le *lion* de la soirée, le questionnant à l'envi,
prêtes à s'émerveiller de tout ce qu'il dirait,
furent surprises et choquées de sa froideur.
Qu'était devenu le brillant hussard qui, trois

ans auparavant, partait le sabre au poing, sur le coursier ailé de ses illusions, comme un héros de chevalerie? Qu'était devenu l'amoureux étourdi dans la personne duquel toutes, au sortir d'une lecture de roman, avaient reconnu leur idéal? Où s'en étaient allés ses vivacités, sa fougue, son entrain d'autrefois et sa délicieuse impertinence? Les gens sérieux comprirent seuls que tout ce qui n'était qu'ébauché dans ce temps-là, s'était formé, fortifié à une rude école.

Les saluts d'usage, quelques politesses à la maîtresse de la maison, deux ou trois réponses modestes à ceux qui s'efforçaient de le rendre communicatif sur le chapitre de ses services, dont il faisait bon marché avec infiniment d'esprit, puis Gaston s'absorba dans une longue causerie avec M. de Vallombre; et chacun, devinant à leur contenance ce qu'ils avaient à se dire, s'éloigna d'eux discrètement.

Le capitaine était revenu en Touraine pour mettre ordre à ses affaires et vendre ses propriétés, décidé qu'il était à ne plus faire d'autre séjour dans ce pays, que celui qu'exigerait le pèlerinage annuel à un tombeau.

— Et votre première pensée n'a pas été de vous rendre à Vallombre? lui dit le comte d'un ton de reproche amical.

— C'est à Vallombre que j'ai quitté ma mère pour la dernière fois, et je ne me suis pas senti la force d'affronter une nouvelle émotion. Voilà mon excuse.

— Je ne la comprends ni ne l'accepte. Il ne pourra que vous être très-doux, au contraire, de parler avec nous de celle que vous pleurez, et Suzanne, qui n'a pas quitté son chevet,

doit avoir à vous donner ces mille détails,
précieux aux gens abîmés, comme vous l'êtes,
dans un profond chagrin. A propos, il faudra
secouer cela , entendez-vous ? Il n'est pas
permis de porter ainsi un crêpe éternel au
moral et au physique. Vous avez perdu...
beaucoup perdu... Je ne retrouve plus mon
élève. Raison de plus pour vous emmener à
Vallombre sucer le lait des bonnes traditions.

Il interrompit pendant une heure, par des
phrases du même genre, les mauvaises raisons
que lui donnait Gaston pour lui prouver qu'il
était essentiel qu'il retournât le lendemain à
Paris.

— Allons donc ! Je vous enlèverai, vous
dis-je !

— C'est impossible.

— Et pourquoi ?

Le comte parut chercher un instant dans sa cervelle vide, puis, enchanté d'avoir trouvé, sourit finement :

— Pourquoi? Je vais vous le dire. Le fait est que votre situation vis-à-vis de ma fille paraît au premier aspect assez délicate. Sans doute, il est désagréable pour un soupirant éconduit de rentrer dans la maison de celle qui l'a repoussé, surtout quand il doit la retrouver au bras d'un rival heureux. Mais à quoi servirait d'être homme du monde, si l'on devait se laisser déconcerter par des bagatelles? Que diable! un joli cavalier se console aisément de ces sortes d'échecs, et je gage que vous êtes complétement, supérieurement guéri. Vous riez, fat que vous êtes! Eh bien! donc, que redoutez-vous? Le spectacle d'une lune de miel qui raviverait votre bles-

sure ? Le fait est que mon gendre est amoureux comme ni vous ni moi n'avons jamais
eu l'idée d'être amoureux... amoureux comme
les savants, comme les sages peuvent l'être,
quand ils s'y mettent !

—Eh bien! convenez qu'un garçon égaré dans
un ménage de tourtereaux fait une sotte figure.

— Vous ferez, au contraire, la plus charmante figure du monde, mon fils. D'abord,
les tourtereaux sont pour le moment désunis.
L'un des pigeons a quitté le foyer, comme
dans la fable. Félix est encore aux bains de
mer, où il a été conduire sa sœur, et Suzanne
nous est restée. C'est donc presque la jeune
fille que vous retrouverez. L'aimeriez-vous
toujours, par hasard ?

— Non, répondit Gaston dans toute la sin-
cérité de son âme. Mais...

— Encore de l'hésitation ? Ah çà ! voilà un dépit qui n'a aucune raison d'être et qui, en se prolongeant, deviendrait du plus mauvais goût. Suzanne m'a donné un gendre qui n'était pas précisément celui que je souhaitais. C'est, après tout, un si brave garçon, que je suis bien forcé de lui pardonner d'avoir pris votre place. Mais si ma fille s'est mariée contre mon gré, ce n'est pas une raison pour que vous cessiez de regarder mon toit comme le vôtre.

— Vous m'assurez que madame d'Aubray n'a aucun sentiment malveillant contre moi ?

— Suzanne ! un sentiment malveillant contre quelqu'un ? et contre vous ?... Mais décidément vous êtes fou, mon cher. Comment voulez-vous qu'elle vous garde rancune de son propre caprice, qu'elle vous haïsse pour cette

13

seule raison qu'il lui a plu de vous préférer
votre ami ?

— Et Félix ?

— Félix est trop heureux pour en vouloir à
personne et trop sûr de l'affection de sa femme
pour s'aviser de la plus stupide des jalousies,
celle du passé.

Et Gaston se laissa convaincre ; résister eût
été inutile, car le comte était entêté comme
seuls les sots ont le privilége de l'être.

Du reste, son arrivée au château de Vallombre fut moins embarrassante qu'il ne l'avait
redouté ; le savoir-vivre aplanit bien des diffi-
cultés, et puis madame de Vallombre crut revoir
son amie en embrassant Gaston ; Suzanne vint
à lui, les larmes aux yeux, avec l'effusion d'une
sœur. A certaines heures, sous l'empire d'un
chagrin commun, les ressentiments s'effacent,

les cœurs désunis se rapprochent, saisis du même attendrissement qui les enchaîne. Un instant, Suzanne et Gaston oublièrent tout leur passé, à l'exception de la tendresse filiale qu'ils avaient éprouvée pour celle qui n'était plus, et dans les bras de laquelle ils s'étaient si souvent jetés ensemble ; l'âme de madame de Courvol était entre eux.

L'entretien de la première journée roula tout entier sur ce souvenir si cher et si navrant. Il fallut un peu de temps avant que l'on songeât à parler d'autre chose, ou seulement à se regarder.

Madame de Vallombre avait rétrogradé de dix ans dans la vie depuis qu'elle était menacée de devenir grand'mère ; ce n'était plus à la jeunesse qu'elle aspirait, mais à l'adolescence. Ses grâces avaient pris un caractère presque

enfantin, et vraiment, dans le demi-jour de
son boudoir, elle semblait être la cadette de
sa fille.

Quant à madame d'Aubray, Gaston eût pu
la rencontrer sans la reconnaître. Hormis le
son de voix argentin, son unique prestige autrefois, rien ne restait de la Suzanne qu'il
avait dédaignée. Le teint avait pris une trans-
parence veloutée; les grands yeux bleus, toujours rêveurs, brillaient d'intelligence; la bouche s'entr'ouvrait pour sourire, d'un sourire
indéfinissable qu'on ne pouvait sentir rayonner
sur soi sans être conquis. Sa taille était souple,
ses mouvements harmonieux; plus de traces
de cette roideur, de cette contrainte, sous lesquelles s'étaient cachées des facultés et des
beautés latentes, qu'une étincelle avait suffi
pour développer.

Ces transfiguratious sont un des jeux souve-
rains et fréquents de l'amour et du bonheur;
M. de Courvol leur attribua tout naturellement celle de Suzanne et sentit, en observant
la jeune femme, en pensant à la reconnaissance qu'elle avait sans doute pour l'époux à
qui elle devait sa beauté, je ne sais quelle
colère âpre et violente lui monter au cerveau.
Il avait fallu des mois à Félix pour découvrir
le feu sacré qui couvait sous cette jeunesse
languissante et triste et pour s'attacher sans
retour. Il ne fallut qu'un instant à Gaston pour
s'enivrer involontairement au flot de vie, de
poésie et de bonté qui jaillissait des yeux de
Suzanne devenue femme. — A la fin de la
seconde journée, il s'était dit : Rester ici est
impossible. Au bout d'une semaine, il était
encore à Vallombre, formant tous les matins

le projet de s'enfuir, y renonçant lâchement
tous les soirs.

Il fût parti sans doute, si la présence de
Félix était venue lui rappeler l'obstacle éternel
qui le séparait de cette femme; mais Félix
absent, rien n'empêchait son imagination de
reprendre l'idylle d'autrefois, dans laquelle il
avait alors joué de bien mauvaise grâce un
rôle imposé, tandis qu'à présent il y eût mis
toute son âme.

Qui peut dire jusqu'où allèrent les rêves de
Gaston? Qui osera juger coupables ces rêves
presque aussitôt refoulés que conçus, cet en-
traînement vague et irréfléchi auquel sa volonté ne céda jamais? Qui peut dire ce qui se
passa dans la pensée de Suzanne? si elle avait
entièrement oublié un autre temps, comme
semblait le prouver son attitude et son langage?

Puisqu'elle avait oublié, puisqu'elle était forte puisque la vue de Gaston ne réveillait aucun trouble secret en elle, pourquoi évitait-elle les occasions d'être seule avec lui? pourquoi parlait-elle sans cesse de M. d'Aubray? pourquoi ne joignit-elle jamais un mot de simple politesse aux efforts de ses parents pour retenir leur hôte, lorsqu'il parla de s'éloigner?

Il vint un jour pourtant où Suzanne reprit tout à coup ses vieilles habitudes de familiarité, en y ajoutant même une sorte d'audace, de gaieté nerveuse, qui ne lui était pas habituelle. Elle annonça au déjeuner, d'un air de triom-phe, le retour de son mari.

N'était-ce pas la joie d'être bientôt protégée et défendue contre elle-même qui l'enfiévrait ainsi? M. de Courvol avait encore de grandes naïvetés, car cette idée ne lui vint pas.

Ce matin-là, le comte était allé visiter une ferme lointaine. Madame d'Aubray demanda tout naturellement à Gaston s'il lui plairait d'aller avec elle, à la rencontre de son père :

— Les chevaux nous seront amenés vers midi, lui dit-elle.

Plusieurs fois, depuis son arrivée, il lui avait proposé des promenades dans les environs, et elle avait toujours trouvé quelque prétexte de refus. En l'entendant faire elle-même cette offre à brûle-pourpoint et d'un air délibéré où ne perçait nulle crainte d'un tête-à-tête avec lui, il se sentit plus humilié qu'heureux et consentit d'assez mauvaise grâce, non sans lui faire observer que la chaleur était accablante, l'heure mal choisie ; mais il semblait que Suzanne eût en elle un besoin d'agitation insurmontable.

— Si les capitaines de hussards craignent les petits inconvénients de l'été, j'irai seule, s'écria-t-elle en prenant sa cravache.

Gaston l'aida à se mettre en selle et la suivit.

La ferme des Roches, où ils devaient retrouver M. de Vallombre, est située à l'extrémité du canton, dans la commune de Vernon. Une route délicieusement accidentée y conduit; tantôt elle longe la Loire qui, par cette belle journée brûlante, étincelait d'azur et d'or; tantôt elle s'enfonce sinueuse au milieu de gorges agrestes encombrées de rocs qui rappellent les grès siliceux de Fontainebleau. Le soleil perçait les masses de verdure, inondait la vallée toujours humide et, par conséquent, diaprée de fleurs, qui s'étendait à leurs pieds; on n'entendait que des gazouillements d'oi-

13.

seaux dans les hauts peupliers, les grillons
jasaient sous la mousse; un murmure de vie
semblable à quelque chant étouffé, emplissait
l'air. Tout palpitait sous les chauds baisers
du midi, et le pas des chevaux troublait seul
ces mélodies de la création, car Suzanne et
Gaston n'échangeaient pas un mot. Peut-être
laissaient-ils le silence éloquent et passionné
de la nature parler pour eux.

Un ruisseau aboutissant à un petit lac
caché sous les roseaux et ombragé de peupliers, cet arbre de la Touraine, marque
l'entrée du domaine des Roches. Les libel-
lules, les éphémères, les insectes qui se posent
sur les plantes aquatiques y tournoient comme
autant d'émeraudes et d'opales vivantes, effleurant de leurs ailes le filet argenté qui coule,
bruyant et rapide, sur son lit de sable. Un

moulin est mis en mouvement par ce ruisseau, auquel des fragments de rocher servent de pont naturel. On est là tout au fond de la vallée, profondément encaissée à cet endroit, et la ferme montre sa façade proprette derrière un rempart de roses.

La fermière, qui avait été la nourrice de Suzanne, accourut aussitôt, prit elle-même la bride des chevaux et les conduisit à l'écurie. Ce ne fut qu'après s'être acquittée de ce soin qu'elle expliqua comment M. de Vallombre, ne se doutant guère de la surprise que lui ménageait sa fille, était parti une demi-heure auparavant pour aller rendre visite au curé de la Roche-Corbon.

Suzanne parut vivement contrariée, mais que faire ? — Les chevaux étaient las et en sueur ; elle-même avait besoin de se reposer

un peu. Elle entra dans la maison, fit appeler
les enfants, causa avec sa nourrice de l'étable
et de la basse-cour, puis, se sentant grand
appétit, demanda si un *lunch* de lait et de pain
bis serait agréable à Gaston. Il accepta.

La fermière, au lieu d'un goûter, leur pré-
para un repas complet, qu'elle servit avec une
grande exubérance d'attentions et de bonne
volonté, dans la plus jolie salle à manger du
monde. Car il faut vous dire que les Roches
ont dégénéré; c'est tout ce qui reste d'une
châtellenie; dans le potager semé de choux et
autres légumes des plus humbles, les quin-
conces rappellent encore l'existence d'un beau
parc. A l'extrémité de l'un d'eux s'élève certain monument en forme de rotonde, que
quelque aïeule de M. de Vallombre, possédée
des goûts champêtres de madame du Barry,

avait baptisé du nom de laiterie. Ce pavillon,
qu'on n'ouvrait que dans les grandes circonstances, quand Suzanne honorait la ferme de sa
visite, par exemple, ce pavillon n'est à l'extérieur qu'une masure délabrée qu'éclairent
deux portes-fenêtres. Intérieurement, c'est un
petit palais féerique. Des coquillages font tous
les frais d'ornementation. Le plafond, ar-
rondi en coupole, paraît être formé de stalac-
tites, tant les plaques de nacre sont posées
avec art; la glace qui surmonte la cheminée
est simulée de la même façon. Des pilastres,
couronnés de chapiteaux de mille couleurs,
séparent les vastes panneaux surchargés d'a-
rabesques et dessinant une salle octogone. Colonnes en tire-bouchon, corniches, table, ban-
quettes, tout est en mosaïque de couleur rose,
bleuâtre ou d'une blancheur de perle, et

lorsqu'un rayon de soleil les frappe, l'arc-en-
ciel y flamboie. C'est d'un goût détestable,
sans doute, mais c'était de mode au dix-huitième siècle.

Enfants, Gaston et Suzanne avaient eu en
grande admiration la laiterie des Roches. Ils
y avaient passé des journées à jouer, à para-
der, comme des princes de contes de fées,
sous ces voûtes scintillantes qu'ils n'avaient
jamais cru l'œuvre d'une main humaine.
Quelque esprit, elfe ou ondin, avait seul pu
créer pareille merveille d'un coup de sa ba-
guette; on n'y entrait qu'avec recueillement;
on y parlait tout bas avec une sorte de crainte
superstitieuse. En grandissant, Suzanne s'était
de plus en plus attachée à ce réduit, qui lui rappelait les jours écoulés; elle s'enfermait souvent
dans le pavillon pour lire, pour dessiner, pour

penser à Gaston; après leur rupture, elle
s'était défendu d'y rentrer jamais. Toutes ses
illusions, tous ses premiers rêves, toutes les
chimères si vite évanouies étaient donc restés
là; peut-être était-il dangereux de leur ouvrir
la porte, et le petit génie moqueur dont l'imagination de Suzette avait fait jadis le dieu de
ce temple rococo, dut éclater de rire en voyant
ces deux amoureux de la veille braver impru-
demment la magie du souvenir. Il faut si
peu de chose, à certaines heures, pour ébranler des forces et des vertus dont on se croit
bien sûr!

Lorsque la mère Bourgouin vint annoncer
à ses hôtes que tout était prêt dans la laiterie,
Gaston leva les yeux sur madame d'Aubray,
et madame d'Aubray devint pourpre. Elle
avait pensé tout simplement qu'on servirait le

goûter à la ferme et ouvrit la bouche pour
prier qu'on le lui apportàt, puis elle se dit que
cela pourrait blesser sa nourrice, qui se donnait grand'peine afin de les bien recevoir;
elle s'effraya surtout des conséquences que son
compagnon pourrait tirer de cette petite
lâcheté, — les consciences inquiètes ont aisément de ces terreurs-là, — et, avec une affectation d'assurance, elle prit le bras de Gaston,
en maudissant les malencontreuses inspirations de la Bourgouin.

Elle n'avait plus faim, et M. de Courvol seul
fit honneur aux merveilles culinaires impro-
visées à leur intention. Encore paraissait-il
manger pour avoir un prétexte de se taire.

Suzanne avait gardé près d'elle un des enfants, et la bonne femme s'agitait, s'empressait
d'ailleurs constamment autour d'eux. La pré-

sence d'un témoin ne suffisait pas à dissiper
l'émotion qui les oppressait tous les deux;
mais ni l'un ni l'autre n'avait suffisamment de
présence d'esprit pour s'en apercevoir, occupé
que chacun était à dissimuler ce qui se passait
en soi.

Le soleil commençait à baisser; le bleu du
ciel devenait sombre; la lumière n'entrait plus
que discrète et voilée.

— Partons ! dit brusquement Suzanne.

En ce moment, la fermière était allée chercher un dernier plat de fruits; sa fille, prenant
le mot de madame d'Aubray pour un ordre,
courut dire qu'on sellât les chevaux, et ils restèrent seuls, aussi troublés l'un que l'autre de
cette solitude.

Suzanne s'était approchée de la fenêtre et
tournait le dos à Gaston, qui la contemplait de

loin. Au soubresaut convulsif de ses épaules,
il crut deviner qu'elle pleurait.

— Suzanne! s'écria-t-il en courant à elle
et en lui saisissant les mains.

Elle se tourna vers lui, pâle, mais les yeux
secs, l'air étonné.

— Qu'avez-vous donc? dit-elle d'une voix
brève.

Ce fut dans les yeux de Gaston que brilla
alors une de ces larmes d'homme, larmes
rares que peut seule arracher une agonie
intime; elle s'arrêta au bord de la paupière et
se sécha dans le feu du regard.

— Qu'avez-vous? demanda une seconde fois
Suzanne, avec un sang-froid auquel tout le
monde se serait trompé.

— Rien... une vision seulement de ce que
ce pavillon a été autrefois.

— Est-il donc changé ?

— Non, la scène n'a pas varié… ce sont les acteurs qui ne sont plus les mêmes…

Il se pencha sur le banc où elle s'était assise; sa bouche effleurait presque le front de la jeune femme.

— Vous en aimez un autre aujourd'hui… et moi…

— Monsieur ! fit Suzanne, si faiblement qu'on eût dit que sa vie s'en allait dans ce cri.

— Que vous importe que je vous aime, puisque vous ne m'aimez plus ?

Les chevaux piaffaient à la porte. Suzanne se leva, sortit en chancelant, s'appuya une seconde sur le cou de son poney, puis, comme Gaston s'avançait pour la soulever dans ses bras, s'élança sur la bête impatiente qui partit à fond de train.

Ce fut une course folle jusqu'à Vallombre.
Gaston avait peine à la suivre. Son souffle
arrivait jusqu'à lui, haletant, saccadé, et elle
allait toujours, immobile, muette, comme l'hé-
roïne de la ballade allemande, enlevée par le
galop de son cheval, dont les naseaux lan-
çaient des tourbillons d'écume et de fumée.

— As-tu donc fait la gageure de tuer ton
pauvre *Fox*? lui dit son père en la voyant
sauter à terre devant le perron du château.
Voilà un animal fourbu.

La soirée s'écoula languissante, M. de Vallombre se lamentait sur le sort de *Fox*; la
comtesse sommeillait nonchalamment étendue,
Suzanne faisait semblant de lire un roman
nouveau dont elle avait oublié de couper les
feuillets. De temps en temps, son regard distrait se levait du livre pour se porter furtive-

ment sur Gaston, qui, de son côté, l'observait avec une anxiété mal déguisée, et lorsqu'il arrivait à leurs yeux de se rencontrer, tous deux tressaillaient. Ce leur fut un soulagement infini, lorsque le signal de la retraite étant donné, chacun rentra dans sa chambre.

Celle de Gaston était au rez-de-chaussée, immédiatement au-dessous de l'appartement de madame d'Aubray. Toute la nuit il crut entendre marcher dans cet appartement; le petit pas léger que ce profond silence même n'aurait pu rendre perceptible, et que son imagination surexcitée créait sans doute, avait en lui un étrange écho. Il écoutait palpitant, comme si le bruit vague et indécis qui frappait son oreille avait eu un sens, comme s'il eût pu lui révéler la préoccupation qui causait cette insomnie.

Bien qu'on assure le contraire, la nuit est
mauvaise conseillère ; du soir au matin, une
passion à peine éclose peut s'exalter singulièrement. Le sommeil ne lui apporta ni repos
ni trêve, rien que des visions enivrantes. Lorsqu'il s'éveilla, une teinte grise éclairait faiblement sa chambre. Il courut à la fenêtre et
appuya sur la vitre, baignée d'une fraîche vapeur, son front qui brûlait.

Le parc était encore noyé dans le crépuscule de l'aube ; les étoiles blanchissaient, cé-
dant la place aux premiers rayons du soleil
qui semblait sortir du sein empourpré de la
Loire. Les fils de la Vierge se balançaient aux
branches ; les oiseaux berçaient mélodieusement
leur couvée encore endormie ; une cloche
grêle tintait l'*Angelus* ; tous les cantiques de la
première heure vibraient dans l'atmosphère.

Le matin a un caractère d'austérité solennelle ; c'est l'instant où se calment les orages de l'âme, qui se sent effleurée par je ne sais quel souffle limpide et pur. — Alors, le nom de Félix revint tout à coup à la pensée de M. de Courvol, avec une insistance poignante ; il descendit au fond de lui-même et se dit qu'aucune préméditation n'avait amené son aveu à madame d'Aubray, mais qu'en faisant un pas de plus, il se rendait coupable d'une odieuse trahison: La femme de son ami ne devait-elle point lui être sacrée ? — D'ailleurs Suzanne ne l'aimait plus. Son émotion n'avait été que de la surprise et du dédain. Il était mortellement triste en réfléchissant ainsi ; mais la résolution de fuir le danger dominait tout le reste.

En ce moment il aperçut dans les sinuosités de l'avenue, une forme féminine dont les vêtements ondoyaient au vent; sa sagesse matinale s'évanouit comme par enchantement dès qu'il eut reconnu Suzanne, et, sautant par la fenêtre, il courut à elle sans savoir comment il l'aborderait, ni ce qu'il allait lui dire.

Elle marchait absorbée en elle-même comme une somnambule ; mais elle devina d'intuition la présence de Gaston, car avant qu'il l'eût rejointe, elle s'arrêta et tourna la tête de son côté. — Ils se regardèrent, sans mot dire, effrayés du changement que cette brûlante veille avait produit en eux.

— Pourquoi êtes-vous ici? demanda Suzanne.

— Et vous? répliqua Gaston.

Elle était enveloppée d'un peignoir qui la garantissait mal du froid extérieur et d'un frisson nerveux. Ses dents claquaient.

— Rentrez ! vous vous rendrez malade.

— Qu'importe ?

Gaston ramena les plis de son châle autour d'elle, et elle se laissa faire comme un enfant.

— Pardonnez-moi, Suzanne. Pardonnez-moi mes torts passés et ma démence d'hier. Voilà ce que je voulais vous dire. Votre cœur est fermé pour moi, ajouta-t-il à voix basse, et je vois trop que mon désespoir n'y peut rien.

— L'amour ne se recommence pas et rien ne se répare, dit-elle. Tous deux nous sommes punis... vous d'avoir aimé trop tard...

Il attendit en vain qu'elle achevât.

— Un peu de pitié seulement, Suzanne, dites-moi que vous ne me haïssez pas. C'est tout ce que je vous demande, et je serai à genoux toute ma vie pour vous remercier.

14

Si vous aviez une idée de cette souffrance que j'endure, je vous jure que vous me tendriez la main, dût-il vous en coûter beaucoup.

— Vous parlez de souffrir ? C'est que vous ne savez pas alors ce que j'ai éprouvé, quand il a fallu vous rendre la liberté d'être heureux. Quant à vous haïr aujourd'hui, rassurez-vous. N'avez-vous pas prévu autrefois l'indifférence pire que la haine ? Elle est venue. Je ne vous reproche rien, continua-t-elle en l'interrompant, du geste. Vous ne m'aviez fait aucune de ces promesses qui engagent. Votre tort a été de jeter à un autre le cœur dont vous ne vouliez plus, et encore ne puis-je me plaindre, puisque c'est à l'excès de votre mépris que j'ai dû le courage de vivre.

Elle évoquait avec force le souvenir de l'abandon de Gaston pour conjurer l'attrait

fatal de l'heure présente. Mais M. de Courvôl
fut souverainement habile. Loin de chercher
à se disculper, il insista encore sur l'indignité
de sa conduite passée, s'accusant avec véhémence afin de pouvoir dire ensuite :

— Nous étions dans ce temps-là deux enfants
qui jouaient avec ce qu'ils ne pouvaient comprendre : c'est d'aujourd'hui que je me connais
moi-même. Je n'ai pas su vous sacrifier alors
une chimère de gloire. Me voici prêt à jeter à
vos pieds toutes les brillantes réalités de la
vie. Je ne crois plus à rien, pas même à l'honneur, auquel j'ai failli en vous faisant connaître tout ce qui devait rester enseveli à jamais. Il n'y a plus au monde que nous. Avez-
vous le droit, aurez-vous la forcé de dire à
un homme qui vous adore : « Je ne veux pas
que vous m'aimiez? »

— Et vous, s'écria-t-elle avec une explosion de colère contre sa propre faiblesse, quel droit avez-vous de venir ainsi m'enlever mon repos? Qui suis-je moi-même pour que votre voix ait gardé le secret d'égarer ma pensée?

C'était là un aveu. Gaston en profita. Tout ce que la jeunesse, l'enthousiasme, la fièvre, peuvent dicter de persuasif et de délirant, il le trouva pour lui démontrer que la liberté du cœur est inaliénable, que la passion a ses immuables franchises, qu'elle peut se rire éternellement des jougs factices qu'on cherche à lui imposer, que le crime serait de repousser le bonheur qui vient à vous.

Et elle l'écoutait incrédule et fascinée; les instants s'écoulaient. Le soleil dissipait les petits nuages floconneux qui l'avaient enveloppé jusque-là; les pelouses, les arbres, se

paraient d'un vert étincelant ; les abeilles commençaient leur tâche bourdonnante ; des voiles
semblaient se déchirer et tomber de toutes
parts à l'horizon. Et une honte inexprimable
s'empara de Suzanne lorsqu'elle se sentit surprise par ce réveil de toutes les choses de
Dieu.

— Vous partirez, dit-elle comme en sortant d'un songe.

— Pas avant de vous avoir revue.

— Écoutez, dit Suzanne, il y a au monde
un homme que je choisirais encore si, jeune
fille aujourd'hui, je pouvais disposer librement
de mes affections. Je l'outrage en restant ici.

— Osez dire que vous êtes heureuse avec
cet homme ? s'écria Gaston hors de lui.

— Oui ! fit-elle en lui jetant ce mensonge
avec énergie.

14.

— Vous avez raison, je partirai... Demain, je serai devenu un étranger pour vous.

Il espérait une dernière parole de compassion :

— Suzanne, m'avez-vous aimé ?

Son regard fut plus éloquent que toutes les réponses.

— Que Dieu me pardonne de m'en être trop souvenue. Je puis bien vous le dire, puisque nous ne devons nous revoir jamais.

Aurait-elle parlé de la sorte si elle eût désiré sincèrement qu'il s'éloignât? Gaston ne le crut pas. D'un mouvement rapide comme l'éclair, il la saisit dans ses bras et la serra contre sa poitrine.

Cette étreinte résumait toutes les sensations tumultueuses contre lesquelles il se débattait depuis vingt-quatre heures.

— Vous me tuez !

Un cri d'angoisse le rappela à lui-même ; il la laissa retomber à terre et recula de deux pas.

— Vous reverrai-je ?

Il restait devant elle si suppliant et si résolu tout à la fois, qu'elle n'osa refuser.

— Ce soir... dans votre atelier... Viendrez-vous ?... Dites que vous viendrez !

Ce ne fut qu'un signe de tête imperceptible qu'elle fit en s'enfuyant.

Dans quelle alternative de joie, de tourment, d'impatience, Gaston passa cette journée ! Ceux-là seuls le comprendront qui ont aimé d'un de ces amours que l'inquiétude irrite, que la raison combat, d'un amour d'autant plus impétueux et plus irrésistible qu'il est coupable et défendu. La revoir devant sa famille, lui parler froidement, se reprendre vis-à-vis d'elle aux banalités de tous les jours, lui parut au-dessus de ses forces. Il alla passer la journée aux Roches, dans le cadre poétique où s'était renoué d'une façon si inespérée le roman fermé jadis. Il revit lentement, avec la dévotion qu'on apporte à un pèlerinage, tous les lieux qu'ils avaient la veille traversés ensemble. Elle avait laissé sur une table de la laiterie rocaille un gros bouquet de fleurs des champs, cueillies, en se promenant avec lui. Dans l'air imprégné de leur parfum léger, des paroles d'amour semblaient flotter encore.

Gaston resta une heure les lèvres collées sur ce bouquet, évoquant mille souvenirs et mille espérances pour se distraire du malaise moral qui envahissait par moment la meilleure et la plus loyale partie de lui-même. Ce malaise se secouait sans grand'peine ; il n'est pas dans la nature humaine d'avoir des remords au moment même de la faute. C'est lorsque la réaction se fait, lorsque l'illusion qui nous berçait est réduite à néant, que l'on regrette !

Le jour baissait; quelques heures le séparaient encore de celle du rendez-vous ; il reprit le chemin de Vallombre presque épouvanté de son bonheur, et n'osant plus y croire à mesure qu'approchait le temps où il devait se réaliser.

Ses pressentiments ne le trompaient pas : à l'entrée du parc, il rencontra madame de Vallombre.

— Eh bien ! lui dit-elle, vous nous trouvez dans un grand émoi.

— Qu'est-il est arrivé ?

— Oh ! un accident qui n'aura pas de suites graves, j'espère, mais qui survient bien mal à propos...

— Madame d'Aubray...

Gaston prononça malgré lui le seul nom qui
fût dans sa pensée, car tout le reste du genre
humain eût péri sous ses yeux, qu'il s'en serait
médiocrement soucié d'ailleurs.

— Il vient d'arriver une dépêche d'Étretat, où est M. d'Aubray, comme vous savez.
Sa sœur a fait une chute de voiture. Elle a
je ne sais quoi de rompu ou de contusionné.
Suzanne n'a pas pris le temps de me donner
les détails. Leur retour est indéfiniment retardé.

— Ah ! fit M. de Courvol avec un soupir
de soulagement.

— Croiriez-vous qu'au reçu de cette dépêche
ma fille a déclaré vouloir partir sur l'heure ?
Sa belle-sœur sera remise quand elle arrivera.
Mais j'ai eu beau le lui répéter, elle m'a opposé

cette obstination calme qui est dans son caractère, et la voici en route pour la Normandie,
seule, avec sa femme de chambre, car elle n'a
pas même permis que M. de Vallombre l'ac-
compagnât. Que dites – vous de cette folie?
pour ma part, j'en suis exaspérée !

Dans sa volubilité et son étourderie, elle ne
songea pas à remarquer la physionomie boule-
versée de Gaston et parla longtemps encore,
quoiqu'il n'entendît plus rien.

Sans avoir conscience de ce qu'il faisait,
M. de Courvol rentra dans sa chambre. Là ses
idées, un instant suspendues, sortirent peu a
peu du chaos où les avait plongées la nouvelle qu'on venait de lui apprendre. Le premier
objet qui le frappa fut un petit billet plié en
triangle et cacheté au chiffre de madame d'Aubray. Ce billet, posé sur la cheminée, semblait

lui promettre la solution d'une énigme : il le prit et le tint longtemps, sans oser l'ouvrir, sentant bien que tout était fini.

D'abord il ne vit rien... les lignes fourmillaient confuses, tremblotées, illisibles ; on devinait qu'elles avaient été tracées en hâte. Çà et là, l'encre pâlie, délayée, attestait une tache de larme :

« Je trompe tout le monde ici. Vous seul comprendrez pourquoi je pars. [Personne ne m'appelle... personne ne m'attend... mais je ne peux plus vous revoir...

» Mon refuge contre moi-même, je dois aller le chercher auprès de celui qui patiemment et à force de tendresse a créé la femme que vous prétendez aimer. Vous n'auriez jamais aimé Suzanne. Eh bien ! Suzanne est morte, emportant avec elle ce culte qu'elle avait voué à un être idéal et votre présence a le pouvoir de la faire tressaillir dans son tombeau. Mais il faut renoncer à l'impossible, à l'inconnu, à l'inaccessible, à tout ce que représentait pour vous madame d'Aubray ! »

V

Un des penseurs de notre époque a écrit : « Du moment que l'amour furtif est avoué, il est compromis. Il peut brûler, mais pour s'éteindre ; cette profanation lui porte malheur. Le rêve perd ses ailes, on se retrouve dans le vrai. » Suzanne avait donc cédé à la plus courageuse et à la plus sage des inspirations, en

15

allant rejoindre son mari et mettre en commun
ce secret dont elle eût voulu mourir.

En la voyant arriver si près de l'époque
qu'il avait marquée pour aller la rejoindre,
M. d'Aubray éprouva d'abord une extrême
surprise ; mais dans ses premières paroles, dans
l'effusion désespérée de son premier baiser, il
entrevit la douloureuse histoire qu'on venait
lui avouer.

Ce fut une brève confession faite avec la
plus héroïque loyauté, écoutée avec un calme
que démentaient les battements du cœur sur
lequel s'appuyait la tête éplorée de Suzanne.
Il fallait qu'elle eût de son mari une opinion
bien haute pour lui imposer cette épreuve.
Quel homme l'eût traversée comme il le fit ?
quel homme eût trouvé au milieu de la plus
vive souffrance, la force de prononcer des

paroles de compassion ? Comme elle s'humiliait devant lui : ·

— Je suis seul coupable, ma pauvre enfant, dit-il en la tenant toujours embrassée, puisque je n'ai pas su garder le trésor qui m'était donné.

Félix était-il donc un héros de stoïcisme ?

Non ! mais il avait cet orgueil élevé qui ignore l'égoïsme dont émane toute cruauté, toute injustice humaine. Il avait une volonté ferme et le mépris du ridicule ; aucun froissement mesquin d'amour-propre ne se mêla donc à l'extrême chagrin qu'il ressentait, aussi ce chagrin le laissa-t-il généreux. Avec un sourire et un accent sublimes, il dit ce mot qui dut récompenser Suzanne de l'effort qu'elle avait fait, en triomphant de la honte par la franchise :

— Tu ne m'avais rien promis, rien que
d'accepter un dévouement qui n'a pu se mani-
fester jusqu'ici, car tu ne m'as donné que du
bonheur. Laisse-moi te prouver aujourd'hui
que j'étais digne d'être choisi pour te consoler et t'aider à vivre. N'ai-je pas été d'abord
et avant tout, ton confident, ton ami, ton
frère? Ne puis-je l'être toujours, quand tu
voudras et tant qu'il le faudra? Tu es
venue librement te jeter dans mes bras et
me demander de te guérir. Ne me donnes-tu
pas là un témoignage de tendresse dont je dois
être fier à jamais?

Il fallut bien qu'elle se rendît, car Félix était
vraiment grand, et la comparaison devenait
accablante pour son rival. Quelque chose de
plus noble et de plus rare que la passion,
l'abnégation entière de soi, l'amour désinté-

ressé, invincible, *fort comme la mort*, apparaissait à Suzanne attendrie.

. Elle demeura écrasée sous le poids de son infériorité, ne sentant plus en elle qu'un regret dévorant qui dominait tout le reste : celui d'avoir failli aux yeux de Félix et d'être obligée de reconnaître qu'elle se fût perdue sans lui.

Il l'entoura de tant de respect, il lui marqua si bien qu'elle n'était nullement déchue de sa dignité, il affecta si noblement l'ignorance de ce qu'il savait, que l'estime d'elle-même revint à Suzanne, avec toute la force nécessaire à la lutte. On ne peut se le dissimuler, elle dut lutter encore et longtemps contre ses souvenirs, mais elle effleura l'écueil sans s'y briser, appuyée sur un bras robuste qui l'aidait à tout surmonter.

Ils restèrent quelque temps encore à Étretat,
dans une intimité bien autrement profonde que
celle qu'ils avaient connue jusque-là, puisqu'il y avait entre eux maintenant un lien
indissoluble : l'affliction partagée et l'infini
de la confiance.

Qui sait? Félix caressait peut-être comme
Gaston, la chimère de l'*impossible*, car il se
jeta avec toute l'énergie de son âme dans
cette tâche délicate de sauver et de recon-
quérir sa femme. Conquête plus rare et plus
glorieuse mille fois que celle qu'un séducteur émérite peut faire de la femme d'autrui. Et il y réussit. A quelques mois de
là, M. de Courvol serait revenu à Vallombre sans mettre en péril l'honneur de Suzanne. Mais il ne revint pas. Garda-t-il donc
une blessure incurable au fond de lui-même?

Nous ne croyons guère à ces blessures-là.

Peut-être...

« Pour changer d'amour.

» Il lui fallut six mois à voyager. »

LA
DAME D'ALLIGNY

— SOUVENIR DU MORVÂND —

J'avais lu la description d'un château quasi-royal, armé de quatre grosses tours rondes et de deux pentagones, environné de fossés qui mesuraient cent pieds de long sur quinze de profondeur ; je m'étais représenté les sveltes ogives de l'ancienne chapelle castrale dédiée à saint Louis, et les ruines immenses de la tour d'Ocle, et les armes des d'Alligny et des Fontette, des Mazaucle et des Andrault de Lan-

15.

geron sculptées partout sur le marbre des portes, et ces vieux barons à la mine austère,
hauts et bas justiciers, tels que Jean IV, qui
étonna sa province par une pénitence plus
extraordinaire encore que ses crimes. J'avais
mêlé les annales de cette forteresse seigneuriale
à celles des duchés de Bourgogne et de Nevers,
dont elle releva successivement, et ma fantaisie, aidée de ma mémoire, avait fait de tous
ces événements, de tous ces tableaux, de
toutes ces figures, un ensemble si imposant,
que je m'en approchais pour la première fois
avec je ne sais quel respect religieux qui ressemblait à de la crainte.

Je l'avais rêvé le château d'Alligny, haut per-
ché sur les confins de cette vallée que le Tar-
nin arrose, dominant les mamelons boisés de
Moux et des alentours, et les antiques retran-

chements de *Castrum romanum*, sinistre et
impérieux au milieu des sites sauvages du
plus beau canton du Morvand, comme un
tyran féodal, écrasant de son pied de fer les
souvenirs partout visibles de l'ère celtique et
de l'époque gallo-romaine.

Devant l'étang qui touche à la prairie de la
Maladière, et dont la nappe immense va se
perdre sous les iris, au pied d'une colline
sablonneuse à la base, ceinte au sommet d'une
couronne de'sapins, sur laquelle de rares bou-
leaux se détachent argentés, comme des
rayons de lune dans un pan d'ombre, — je
m'étais dit : Il doit être là, au sein de cette
grande solitude, de ce grand silence ; il doit
s'endormir au chuchotement du vent dans
les joncs fleuris, embaumé par la vague
senteur des plantes aquatiques, sans autres

témoins de sa décrépitude que les canards et les martins-pêcheurs qui courent sur cet azur limpide et la belle Viviane de ce lac enchanté qui lui parle en soupirant des splendeurs passées, dont elle a été le témoin éternellement jeune.

Je me trompais... Nos pères ne se souciaient guère de ce que nous appelons le pittoresque ; ils mettaient leur poésie ailleurs, ou plutôt ils s'occupaient dans le choix d'un site, pour y fixer leur vie, de mille autres choses que du plaisir des yeux. Ce qu'il leur fallait, c'était un vallon plantureux bien abrité contre les vents et les neiges, des murs de dix pieds d'épaisseur, des sources abondantes et claires, de beaux jardins bien plats, de belles cours régulières, beaucoup d'espace pour les dépendances ; du reste, peu leur importait l'horizon plus ou moins étendu, la physionomie plus ou moins riante du paysage. Ils aimaient, au contraire, s'enfermer chez eux, cacher leur foyer comme l'oiseau cache son nid, s'abriter derrière les roches au lieu de se planter fièrement dessus, estimant qu'un peu d'ombre et d'humidité sont moins à craindre que l'œil des curieux, et quittes à avoir pour tout point de vue un grand mur ou une grenouillère.

Pas plus que ses contemporains, le sire d'Alligny, fondateur de ce manoir, n'avait le sentiment de la nature à la façon de Rousseau et de ses imitateurs; il ne se douta jamais probablement que le mouvement du terrain, la perspective, le voisinage d'un torrent ou d'une masse granitique pouvaient faire partie essentielle de la magnificence d'un monument;

la situation de sa vieille demeure, tout au fond d'un bassin resserré, en fait foi. On la cherche en vain du village et de la route. A deux pas de la porte principale, on la cherche encore, et quand on l'aperçoit la déception est amère, pour qui s'attend aux aspects grandioses et saisissants d'un castel moyen âge.

Henri IV a fait raser les tours gigantesques qui en étaient la force et la gloire ; deux seulement ont été épargnées et attestent de la singulière beauté des autres. Les pieds dans l'eau vive des fossés, elles semblent contempler mélancoliquement leur image noircie et mutilée à la surface de ce miroir.

L'herbe pousse courte, drue et serrée dans l'immense cour plantée d'épine noire. Connaissez-vous l'aubépine morvandelle parvenue à l'état de gros arbre, noueuse et touffue

comme un chêne centenaire, étendant capri-
cieusement ses rameaux chargés au printemps
de flocons d'un blanc rosé, à l'automne d'un
feuillage pourpre, l'hiver de fruits vermeils
que les gelées mûrissent et que les enfants
viennent disputer aux moineaux, en les appelant du joli nom de *fruits du bon Dieu* ? —
Des festons de chèvrefeuille que personne ne
songe à cueillir, courent d'un arbre à l'autre,
souriant à la grande façade grise percée
d'étroites fenêtres. Ces fossés, ces tours lézar-
dées, ce clapotement de l'eau, cette cour
muette comme un désert, tout cela paraît triste
au premier abord; restez-y un instant....
regardez bien... ce n'est point de la tristesse,
ou plutôt, c'est une tristesse si poétique et si
sereine qu'elle vous épanouit le cœur au lieu
de le serrer. Le soleil danse partout. A droite,

sur le bord d'une pièce d'eau, qui scintille dans les intervalles que laisse le branchage pressé d'une avenue de tilleuls, les petites grenouilles d'été jasent de leur douce voix ; à gauche, la grande montagne bleue regarde curieusement par-dessus le mur qui n'est que fleurs et mousse. L'air vif des alentours n'arrive qu'adouci, tamisé par les forêts voisines. Des troupeaux escaladent les prés dont sont recouverts les escarpements qui encaissent Alligny, de trop près peut-être, mais c'est encore là un de ces défauts qu'on aime. Toutes les cimes pressées les unes contre les autres semblent s'être réunies, comme des sentinelles vigilantes, pour protéger et faire respecter le tombeau de la vieille seigneurie morte de sa belle mort.

Une admirable journée d'été s'éteignait

dans le lointain, de cette couleur orangée qui
prédit un lendemain plus admirable encore,
et l'ombre large du couchant tombait sur le
pont qui conduit à la route, comme je le tra-
versais pour passer dans la cour intérieure. Là
je rencontrai le concierge, un brave homme
de figure avenante, et je lui remis la lettre du
possesseur actuel d'Alligny, qui recommandait
à ses gens de me faire bon accueil et de me
donner gîte au château, pour le temps qu'il
me plairait d'y rester. C'était une faveur
obtenue à mon intention par un ami, qui pres-
sentait sans doute quel enchantement m'attendait dans ces ruines.

— Bon accueil, — monsieur peut y compter, dit le concierge après avoir parcouru des
yeux mon billet d'introduction ; quant au gîte,
nous n'avons guère que notre chambre qui

soit habitable; du reste, monsieur verra et jugera par lui-même.

D'après ce langage, on a déjà compris que mon interlocuteur n'était pas un paysan, mais un domestique de bonne maison, fort empressé, fort poli et presque trop civilisé pour le poste qu'il occupait. Il m'introduisit dans la cour intérieure, moins vaste que la première et qui sépare deux corps de logis en pierre de taille, d'un style très-simple et un peu lourd.

— Voilà tout ce qui reste.

Il reste en effet fort peu de chose; aucun ornement ne relève la sévère nudité de ces façades parallèles, surmontées de frontons brisés dont les armoiries ont été sans doute effacées par la Révolution; —privées des tours saillantes, des ailes, des galeries qui les reliaient autrefois, elles font une figure assez gauche et on se demande, en les regardant, si elles sont inachevées ou détruites, ce qu'elles attendent ou ce qu'elles ont perdu ?

— Le château est ainsi depuis Henri IV, me dit mon guide.

Il ne tiendrait qu'à moi de raconter que j'ai visité l'intérieur du château dans ses moindres détails, depuis les souterrains qui parlent de vengeances secrètes et d'atroces captivités, jusqu'à la chambre où Jean IV étranglait de ses mains les gens qui avaient eu le malheur de l'offenser ou de lui déplaire ; mais j'aime bien mieux confesser la vérité : on m'avait parlé de charpentes peu solides, d'échelles en mauvais état, et comme je ne suis pas de ceux à qui la curiosité fait affronter une entorse, je crus sur parole le concierge

quand il m'assura qu'il n'y avait rien à voir.
Tout à coup cependant il parut se raviser :

— Nous avons bien un portrait là-haut, dit-
il, mais si gâté par l'humidité qu'il ne vaut pas
la peine d'être montré à monsieur.

— Une ancienne peinture?

— On dit que cela date de Louis XV.

J'étais trop fatigué d'avoir marché tout le
jour, pour retourner me promener sous l'avenue ou ailleurs, et l'existence d'un portrait
dans cette demeure abandonnée me parut
bizarre.

— Je le verrai volontiers, répliquai-je.

Et ce fut ainsi qu'il m'arriva de monter dans
la tour de l'ouest.

Quelques faux pas sur les degrés ébréchés
de l'escalier tournant, avant d'atteindre un corridor voûté sur lequel ouvrent trois ou quatre

portes : beaucoup de noix, de haricots secs
meublant ce corridor, un rat qui me passe entre
les jambes, voilà mes impressions de voyage
pendant mon ascension. La chambre dans
laquelle on me fit entrer était de forme ronde,
avec un plafond très-élevé , où s'entre-croi-
saient de grosses poutres. — Sur la cheminée reste encore une immense glace brisée en
deux morceaux, et un petit reliquaire en bois
peint, dont les couleurs s'écaillent de tous côtés.
A droite de la cheminée, un meuble vieux chêne,
de bon style, mais aux moulures presque effacées ; en face un grand lit sculpté et doré sur
fond blanc mat, qui avait dû être autrefois ce
qu'on appelait un lit à l'Ange et auquel manquait un pied ou deux ; il apparaissait à demi-
caché sous des rideaux de toile de coton rouge,
dont la vulgarité toute moderne contrastait

péniblement avec son élégance d'un autre
siècle.

— Et le portrait? demandai-je.

Le jour qui baissait n'arrivait plus aux
noires profondeurs de cette grande pièce; je
n'avais donc pas remarqué en entrant une porte
masquée que surmontait dans son cadre aux
doruresternies, le portrait mystérieux.

J'ouvris les fenêtres, et un rayon de soleil
qui vint le frapper en plein, me permit d'exa-
miner à mon aise.

C'est une femme triomphalement assise, avec
le grand air de ce temps-là, sur un fauteuil que
dissimule la flottante draperie bleue agrafée à
son épaule et qui forme autour d'elle des plis
dignes de draper Diane chasseresse, Vénus
couronnée, ou toute autre déesse. Un long cor-
sage de brocart rose à ramages, un peu pâlis,

un peu écaillés, comme les fleurs du reliquaire, serre son corps frêle et laisse nue la
poitrine dont un cordon de perles suit et dessine les contours. Le petit collier de velours
noir garni de perles, fait ressortir la blancheur
du cou ; et sur ce joli cou long et flexible se
balance une de ces têtes qui ont encore plus
d'agrément que de beauté, qui pensent et qui
raisonnent, qui veulent et qui gouvernent, une
tête fine, au sourire un peu moqueur, aux
beaux cheveux si négligemment poudrés qu'on
devine, sous la neige d'emprunt, leur ton
d'ébène naturel.

Je ne sais pas si la peinture est bonne; le
temps a certainement enlevé la fraîcheur du
coloris, le dessin laisse peut-être à désirer,
mais l'expression à la fois enjouée, intelligente
et résolue, a été saisie avec un rare bonheur,

et l'artiste, qu'il eût ou non du talent, a touché son œuvre du flambeau de Prométhée qui donne la vie. L'âme palpite dans ces jolis yeux un peu saillants, mais qui caressent et qui petillent, le sang coule dans les veines de ce bras délicat qui sort d'un flot de dentelle ; il semble que la main froisse en badinant le lourd taffetas qu'elle tient du bout de ses petits doigts couleur de rose.

Ce bras tout entier est une merveille, et on le contemple avec d'autant plus de plaisir qu'il est le seul qui reste. L'autre a été impitoyablement grignotté par les souris, les pires de tous les Vandales.

Je demandai sur le portrait des renseignements qu'on ne put me donner, et en même temps, l'idée de dormir dans cette chambre d'une beauté contemporaine ou à peu près des Sabran et des Parabère sourit à mon imagination.

— J'aime décidément mieux passer la nuit au château qu'au village, dis-je à mon guide, et je vous serai très-obligé, si vous n'y voyez pas d'inconvénient, de mettre des draps dans le lit que voici.

— Je ne vois d'autres inconvénients, monsieur, que l'humidité et les souris.

— Eh bien ! vous ferez un bon feu pour conjurer l'humidité, et quant aux souris.... je suis brave. A propos, ajoutai-je, il n'y a pas de revenants ?

— Monsieur veut plaisanter, dit le concierge, qui avait dû être un Frontin fort agréable dans sa jeunesse. Au surplus, il me semble que le seul revenant dont on parle ici, ne serait pas trop à redouter pour monsieur.

16

Et il sourit facétieusement en désignant la dame poudrée.

Je lui fis entendre qu'il avait de l'esprit, et descendis manger le dîner que m'avait préparé sa femme. Après quoi, je sentis mes paupières se fermer malgré elles sur le livre que j'essayais de lire, et jugeai qu'il serait sage d'aller me coucher.

J'avais posé ma chandelle sur une tablette au pied de mon lit, immédiatement au-dessous du portrait, de sorte qu'il était le seul point éclairé de la chambre et que mes yeux allaient involontairement s'y fixer.

Sort étrange que celui de cette jeune femme ! — Ne dormant pas, je ne pouvais mieux faire que réfléchir à ce qu'elle avait dû être, et aux raisons qui la retenaient en effigie dans ce vieux château désert, qu'elle

avait sans doute rempli autrefois de ses
grâces.

— Tout me fait présumer qu'elle habitait
cette chambre, me dis-je à moi-même, sa tête
s'est appuyée ici, où s'appuie la mienne ; seulement c'étaient des rideaux de satin qui enve-
loppaient la jolie couchette de ses plis discrets.
Et je repoussais avec dégoût l'étoffe commune
qui les avait remplacés. Au lieu de cette odeur
de moisi, un tiède parfum d'iris flottait dans
l'air et une petite mule garnie de cygne gisait
là-bas, où j'aperçois mes bottes jetées négligemment sur le froid carreau fendillé.

Le reliquaire, seul ornement de la cheminée,
à combien de profanes bagatelles a-t-il sur-
vécu ? Flacons, cassolettes, miroirs, éventails,
boîtes à mouches et à épingles, bras de bronze
doré tout chargés de bougie (et je regardais

dédaigneusement mon unique chandelle), —
bonbonnière d'émail, groupes de vieux sèvres,
petit déjeuner pâte tendre, — qu'êtes-vous
devenus? Que sont devenus les amours qui se
ouaient sur les médaillons des boiseries, et les
petits meubles voluptueusement capitonnés, et
la bibliothèque miniature qui recélait les romans
à la mode, et le cabinet d'Allemagne aux mille
tiroirs-cachettes, où dormaient pêle-mêle les
billets à l'ambre?

Qu'elle devait être attrayante à cette heure
du sommeil, enveloppée dans son manteau de
nuit, tendant à Marton, pour qu'elle le dé-
chaussât, son pied moulé dans un bas de soie,
livrant à Lisette ses longs cheveux à enfermer
dans une coiffe de linon !

Je me retournai impatienté, ramené tout à
coup à la réalité par la dureté du matelas et

l'absence d'oreiller; puis mes yeux rencontrant de nouveau ceux de la dame :

— Elle semble vraiment stupéfaite et courroucée de ma présence, reprenait l'imagination, sans souci du malaise de mon pauvre corps que meurtrissaient des draps de toile à voiles tendus sur des planches.

Seriez-vous donc prude, madame?

Non, ce n'est pas là un défaut de votre époque, et votre physionomie n'a d'ailleurs rien de sévère. Mais après tout, la vertu la moins revêche peut bien se scandaliser de voir un homme couché dans son lit, sans permission. M'auriez-vous seulement permis de figurer au dernier rang des courtisans qui venaient saluer votre grand lever? Étiez-vous coquette? Étiez-vous tendre? Il y a plus de tendresse que de coquetterie dans toute votre personne.

16.

Avez-vous aimé? Je crois que vous souriez de la naïveté de ma question. — On aimait souvent... sinon beaucoup au dix-huitième siècle.

Pardonnez! Trop de fierté rayonne sur ce beau front, pour que vous soyez la créature frivole, au cerveau vide, au cœur éventé, que les chroniques scandaleuses nous désignent sous le nom de *Caillette*. Vous n'avez pas perdu votre temps dans le papillotage, et si votre bouche pouvait s'ouvrir ce serait pour laisser échapper l'aveu de quelque passion haute et noble dont vous n'auriez pas à rougir. Laissez-moi croire cependant que vous n'avez pas mordu à l'idéal de la *Nouvelle Héloïse*; que vous n'avez jamais compté parmi ces femmes sensibles auxquelles je préfère encore les fringantes évaporées qui se plantaient bravement l'assassine au coin de l'œil et la friponne auprès des lèvres ! — Dites-moi que vous n'étiez ni mélancolique, ni sentimentale, ni folle du champpètre. Non, n'est-ce pas ? — Vous étiez tout cœur, tout agrément et tout esprit. C'est encore l'esprit qui domine en vous. A quelle catégorie appartenait-il ? A la plus exquise sans doute, mais encore ?... — Étiez-vous philosophe comme mademoiselle de l'Espinasse ? Teniez-vous une *ménagerie* comme madame de Tencin ? Écriviez-vous d'un style colletmonté comme madame de Lambert ? Vous avez un sourire qui annonce grande facilité à lancer l'épigramme. Mais vos malignités mêmes devaient être pleines de gentillesse, et je jurerais que le fiel leur était inconnu.

Viviez-vous à la cour ? Votre habit l'indique... Cependant je ne sais pourquoi il me

semble que les fards, les philtres de toutes
sortes sont restés étrangers à votre beauté, qui,
toute délicate qu'elle soit, a dû s'épanouir au
grand air et que la chaude atmosphère des
salons n'a pas eu le temps d'altérer. Hélas, à
la cour ou dans votre retraite d'Alligny, les années se seront chargées assez vite de l'œuvre de
destruction! Mais non... j'aime mieux croire
que la mort vous a prise telle que vous voici,
toute fraîche, toute gaie, au milieu des jeux,
des spectacles et des conversations, avant que
l'ombre d'une souffrance vous eût effleurée...
Souffrir! on ne connaissait guère ce mot-là
sous Louis le Bien-Aimé, dans votre monde
musqué, badin, accoutumé à pirouetter, de
toute la hauteur de ses talons rouges, sur le
côté sérieux de l'existence.

Comme je me demandais si elle avait fait

exception à la règle, si un nuage avait jamais
obscurci ce riant visage, si une larme avait
jamais tremblé au bord de ces longs cils, mon
regard s'arrêta une seconde fois sur le bras
qui avait dû être une des grandes perfections
de la dame, et en même temps les théories du
chevalier d'Arpentigny me revinrent à l'esprit. Je me rappelai ses observations sur la
main humaine, plus curieuses que celles de
Gall sur les protubérances du crâne ou de
Lavater sur les traits de la physionomie, et ce
qu'il disait de « cet instrument principal de
notre intelligence, dans la sphère des choses »,
et ce qu'il m'avait appris de cette science chi-
rognomonique dont il a le premier entrevu
les plages. Je me mis à étudier avec une singulière persistance la main fine aux doigts effilés
complaisamment étendue vers moi; peu à

peu j'y retrouvai tous les signes que mon vieil
ami prétendait avoir appartenus aux mains de
Charlotte Corday, de Sophie de Condorcet, de
Lucile Desmoulins, et qui lui faisaient dire :
— Si les autres femmes se dévouent jusqu'au
travail, celles-là se dévouent jusqu'à la mort.

Plusieurs fois durant ce monologue il m'avait
semblé voir le sein de ma belle marquise se
soulever précipitamment, ses paupières se baisser avec tristesse ou se relever sur une œillade
étincelante, la draperie bleue s'agiter, mais je
n'en avais pris aucun émoi, — la clarté vacil-
lante d'une chandelle que les mouchettes ont
trop longtemps respectée, explique bien des
fantasmagories.

En ce moment, je ne sais si minuit sonna
comme dans les romans d'Anne Radcliffe;—
je n'avais point de montre pour m'en assurer,

et il n'existait à Alligny d'autre horloge qu'un
vieux coq, — mais, tout à coup, j'entendis sur
le carreau un frou-frou de falbalas et, levant
les yeux, je vis le cadre vide. Mon premier
sentiment ne fut pas, je l'avoue, le sentiment
d'orgueil qui eût dû venir à un émule de Pyg-
malion ; je ne me félicitai que fort médiocrement d'avoir évoqué, par la magie de ma
pensée, cette marquise Régence; si mon cœur
battit, ce fut de surprise et aussi de l'effroi
qu'inspirent toujours les faits surnaturels.
Cependant ma frayeur ridicule dura peu et fit
place bien vite au ravissement; on ne pouvait
éprouver que cela en présence de l'apparition
qui se tenait debout à mes côtés, non pas à
l'état de spectre solennel et pâli, mais vivante,
et rose, et potelée, jouant d'une main avec les
perles de son cou, de l'autre, secouant, avec

une grâce infinie, les plis solides et superbes
de sa jupe ornementée de gros nœuds à pail-
lettes. Sous ses dentelles, ses parements bouil-
lonnés, ses pompons, ses échelles de rubans et
de fleurs, on eût dit un modèle de Lancret
partant en conquête, et j'eus besoin de réfléchir à mon costume moins apprêté pour ne
pas tomber à ses pieds et baiser le petit soulier
au *venez-y-voir* doré qui s'avançait vers moi.

Elle s'aperçut de mon extase, me tint à distance par un geste imperceptible et cependant
très-majestueux, puis sans façon et de l'air le
plus délibéré du monde, elle s'assit au bord de
mon lit et me toisa non sans dédain en relevant
l'arc de ses sourcils qu'on eût dit tracés au
pinceau.

— Or çà ! dit-elle, que faites-vous chez
moi?

— J'essaye de dormir... Mais le moyen en vous regardant?

On l'avait habituée à des compliments plus quintessenciés que celui-là ; aussi m'interrompit-elle au premier mot :

— Vous n'êtes pas en position d'être galant sans ridicule, mon cher. Ainsi, trêve de politesses ; sur ce chapitre, tenez-vous coi.

— Laissez-moi du moins implorer une grâce, madame. La hardiesse dont vous voulez me punir...

Elle éclata d'un rire cristallin.

— Vous punir ? d'où vous vient cette présomption ? Je ne viens pas plus vous punir qu'écouter vos phrases à l'eau de rose.

Et comme je méditais, quoi qu'elle en dît, un madrigal.

— Taisez-vous, reprit-elle. Tout ce fatras

17

est renouvelé de M. Dorat de Cubières, qui eût parlé mieux que vous.

— Alors, m'écriai-je, un peu piqué d'être remis à ma place avant de l'avoir mérité, quel est le but de votre visite, belle dame, si vous ne projetez ni vengeance, ni séduction?

— Voilà un fat plaisant, dit-elle en se croisant les bras d'un air ébahi, et les hommes ont fait du chemin depuis nous, dans les régions de l'impertinence.

Je suis descendue dans ma chambre, monsieur, parce que vos réflexions à mon sujet me grinçaient sur les nerfs, parce que je prétendais vous prier d'y mettre bon ordre. Je ne sais si vous vous êtes aperçu que vous étiez distrait comme il n'est pas permis à honnête homme de l'être, et que vous jasiez tout seul...

Sa colère était si charmante, que je joignis les mains dans un transport de repentir et d'adoration qui la désarma.

L'éloquence de ce discours muet racheta la sottise de mes paroles ; il voulait si bien dire :

— Ayez pitié d'un pauvre enfant du siècle vulgaire, qui n'a jamais porté ni manchettes, ni jabot, ni poudre, ni talons rouges, — qui n'a jamais été initié aux coquetteries de votre âge d'or, le seul qui ait mérité d'exister, — qui ne sait ni s'habiller ni vivre, — mais qui vous idolâtre en tremblant. Oubliez les divagations d'un cerveau que la fièvre envahissait avant même que votre beauté se fût complétée par l'apparence d'une âme. Ne me raillez pas trop de ma timidité, de ma gaucherie, de ce que vous appelez mon impertinence. Je perds la tête et ne sais plus si c'est de respect pour la marquise, ou d'amour pour la jolie femme.

Oui, mon geste et mon regard voulaient si bien dire tout cela et d'autres choses encore, qu'elle sourit avec l'indulgence des femmes de tous les temps, pour les folies de tous les genres, pourvu qu'elles en soient l'objet.

— C'est vrai, fit-elle, que vous êtes un enfant et que personne ne vous apprit à vivre

Elle me regardait avec une ténacité singulière, comme si elle eût voulu s'assurer que j'étais digne de confiance.

— Vous me demandiez tout à l'heure assez lestement le motif de ma visite, dit-elle enfin, en insistant sur ce mot *lestement*, par un reste de rancune. Je veux bien vous l'avouer : ce n'est rien qu'une fantaisie... et non pas une fantaisie amoureuse (elle retira sa main dont j'essayais de m'emparer.) Une fantaisie de bavarde condamnée au silence. Il y a tantôt cent ans que je m'ennuie. Pour la première fois, il passe dans cette chambre un esprit curieux...

— Et plein de sympathie...

— Eh bien ! oui... je le crois. Vous êtes jeune et vous avez longtemps rêvé devant un portrait, vous lui avez créé dans votre imagination toute une histoire, parfois devinant juste, vous trompant plus souvent. Je viens donc rétablir les faits. Mes confidences ne peuvent plus faire de mal à personne et elles me feront grand bien à moi, qui ai su toute ma vie garder mon cœur fermé. Comprenez-vous?

— Je comprends que vous aimerez à faire défiler une fois devant vous le cortége de vos jeunes années, à respirer le parfum d'un secret inhumé en vous-même, et que vous avez besoin de voir un auditeur pleurer, s'émerveiller et sourire, vos émotions se refléter sur un autre visage, tandis que vous vous con-terez à vous-même les plaisirs et les douleurs passés. Est-ce cela ?

— Vous n'êtes pas aussi avantageux ni aussi sot que je l'avais cru d'abord, dit mon interlocutrice tout à fait apaisée.

Et sans autre préambule, elle commença :

« J'étais veuve et j'avais vingt-cinq ans. A quoi bon vous parler de ce qui précède ce temps-là ? Que vous importe qu'un fort grand seigneur ait cru faire beaucoup d'honneur à une très-petite bourgeoise, en se l'attachant par un contrat dans lequel il n'apportait que ses cinquante ans, embellis par la goutte, en échange d'une figure qu'on disait charmante, d'une jeunesse printanière qui ressemblait encore à l'enfance, et d'un cœur neuf, formé à tous les sentiments honnêtes par une de ces mères comme il n'en existait plus que dans la classe moyenne, nourrie de principes jansénistes qui se retrouvaient nécessairement dans l'éducation des enfants?

» Mon vieil époux ne sut que faire de ce cœur si ingénu, lui qui avait usé le sien en même temps que sa santé, chez les comédiennes, les duchesses et les filles du monde, le gâtant au contact de toutes « les jolies horreurs » des fêtes de la Guimard, aux orgies des Duclos, des Létorière, des Richelieu, aux après-soupers de mademoiselle Quinault, partout où régnait la débauche polie et le libertinage spirituel. Ayant mené à bien tant d'aventures coquines et grivoises, il ne croyait plus à la modestie ni à la vertu. Il ne vit donc en moi qu'une petite ignorante, assez drôle le premier jour, fort en-

nuyeuse ensuite, tout aussi susceptible qu'une
autre de caprices et de passades, si jamais on
s'avisait de lui ouvrir la porte. C'est pourquoi
il la ferma soigneusement sur moi, se souciant
peu d'être ridicule à la façon dont tant d'autres
l'avaient été, grâce à lui, et me relégua pour
toute l'année dans sa terre d'Alligny, moitié
par méfiance, comme je l'ai dit, moitié par
mesure d'économie, ma dot ayant à peine
suffi à payer les plus criardes de ses dettes;
un peu aussi parce qu'en acteur de bon sens,
il avait jugé l'heure de ses succès évanouie, et
craignait d'essuyer des échecs de Cassandre,
sur cette scène de la cour où il avait si longtemps régné eu vainqueur. Je crois de plus,
et surtout, qu'il eût été fort embarrassé de
présenter au roi mademoiselle Michot, dont le
grand-père avait vendu des clous.

» Il n'y a pas de gardien plus austère qu'un
roué. Ma jeunesse se courba donc sous une
règle inexorable comme celle du cloître. Si je
n'avais guère d'affection pour mon mari,
j'avais en ses lumières une confiance sans
bornes. Il me répéta si souvent que rien ne
réussissait moins à une femme que d'être
romanesque, il me peignit les hommes sous un
jour si odieux et me sépara si bien de toutes
les bonnes amies, à commmencer par sa sœur,
qui était une femme de cour, que je me persua-
dai qu'il n'y avait pas d'existence plus enviable
que la mienne, auprès d'un podagre, dans
une province éloignée où mes yeux avaient,
pour uniques récréations, les beautés d'une
nature sauvage. J'employai à les contempler
toute la poésie dont j'étais capable, de même
que je mis toute la chaleur de mon âme dans

la seule amitié que me permît mon mari.

» Il avait une fille d'un premier lit. Jusqu'à
mon arrivée dans la maison, elle avait grandi
tristement sous l'aigre tutelle d'une gouver-
nante, ne voyant son père qu'à de rares intervalles. La timidité avait glacé jusqu'à sa
physionomie. Je la trouvai sombre, farouche,
sans expansion,... Malgré son peu de charme,
comme c'était un enfant et que j'avais le travers bourgeois, dont on riait beaucoup,
d'adorer et de désirer ces petits êtres-là, je
mis tous mes efforts à l'apprivoiser. J'y réus-
sis. La pauvre petite m'accorda tout ce qui
avait été si longtemps refoulé en elle. Ce fut
comme un débordement de reconnaissance, de
tendresse passionnée. Moi, qui avais une vivacité égale à la sienne et quelques années de
plus, qui sollicitaient des attachements d'une

autre sorte, je donnai le change aux aspirations
dont j'étais tourmentée, en me consacrant tout
à elle, et je me jurai de faire servir à éloigner
la moindre épine de sa route, tous les instants
d'une vie qui, par elle-même, ne pouvait être
heureuse. Grâce à cette tâche que je m'im-
posai, je trouvai la résignation et le contentement dans ce froid mariage, qui pour beaucoup d'autres eût été un enfer. Et ma foi !
devenue libre, je ne me proclamai point heureuse veuve comme madame de Coligny. Mes
crêpes noirs furent de bon aloi. Faute d'autre
motif, je les aurais portés de regret d'avoir
perdu ma chère Lucienne. A peine orphe-
ine, elle me fut enlevée par sa tante, qui la
mit au couvent, et je restai seule, sentant ma
jeunesse me peser lourdement sur les bras et
ne sachant qu'en faire,

» Je pleurai bien six mois. Après, le besoin de revoir ma fille m'étreignit le cœur si violemment, que je partis pour Paris un matin, sans avoir prévenu personne de mon projet.

» Lucienne vint se jeter dans mes bras, avec des transports qui me consolèrent d'abord de tout ce que j'avais souffert loin d'elle. Je la trouvai un peu pâlie sous sa robe noire de pensionnaire, mais belle comme je ne l'avais jamais vue. — Je soupçonnai qu'un grand bonheur avait pu seul opérer cette métamorphose ; interrogée par moi, elle se troubla beaucoup et finit par m'avouer qu'elle était fiancée depuis huit jours à M. de Langeac, mais que, la solennité ne devant être officielle qu'au retour du jeune homme, qui avait été rejoindre son régiment en Flandre, on l'avait fait rentrer provisoirement au couvent.

» Elle s'excusa avec chaleur de ne m'avoir pas consultée en cette affaire, la plus importante de sa vie; mais sa tante, pour des motifs qu'elle ignorait, lui avait recommandé un secret absolu; et, quant à elle, la séduction avait été si subite, si irrésistible, qu'elle n'avait pas même essayé de se défendre.

Le portrait qu'elle me fit de son fiancé me parut trop beau pour n'être pas flatté. Mais ce qui me parut plus évident encore, ce fut que ma pauvre Lucienne était éperdùment amoureuse. Ainsi, je n'occupais déjà plus que la seconde place dans son cœur ! J'en pris un chagrin amer et ne pus m'empêcher de haïr, de toute la haine de la jalousie, cet étranger qui était venu me voler mon bien.

» La guerre se prolongeait dans les Flandres, et le retour de M. de Langeac fut indéfiniment retardé. Lucienne restait plongée dans un accablement contre lequel mes caresses devenaient impuissantes, et dont quelques lettres qu'elle me cachait à moi-même, parvenaient seules à la tirer. En attendant toujours mon rival, je m'ennuyais à Paris, dans la retraite où j'avais d'abord essayé de vivre. Ce n'était point la peine vraiment d'avoir quitté Alligny !

» Peu à peu je m'abandonnai aux conseils de ma belle-sœur qui m'engageait à me dissiper, je me laissai présenter à Versailles, entraîner dans le monde, et il faut bien convenir que j'y eus des succès. L'enivrement fut complet pour moi ; il me fit oublier toutes mes tristesses, même l'ingratitude de Lucienne ; je ne rêvai plus que plaisirs et passe-temps. Les leçons d'autrefois me restant dans l'esprit, aucun de mes adorateurs n'eut le pouvoir de troubler mon repos.... Non, pas même le roi, qui daigna me remarquer tout un jour. En conservant ma liberté d'esprit, mon calme provocant, ma belle impertinence, je faisais d'autant plus tourner les têtes, que la mienne, avec une apparence de folie, raisonnait toutes choses et appréciait chacun à sa valeur, sans se monter jamais.

» Je piquais plus encore par mon indifférence que par la mine chiffonnée, la mutinerie, qui me composaient un visage de goût dans toute l'acception de ce mot du temps. On m'avait appliqué la devise que le comte de Bussy-Rabutin fit pour sa cousine : « *Froide, — elle enflamme,* » et cette qualité ou ce défaut de la froideur, était si rare parmi mes pareilles, qu'il eût suffi tout seul pour me mettre à la mode,

» Les finances me firent défaut avant que ma rage de plaisir ne s'éteignît. Il fallut compter, et, comme la princesse Cendrillon, m'enfuir à Alligny avant que mon carosse fût redevenu citrouille.

» J'avais décidé que ce départ serait accompagné de quelque superbe extravagance.

» La fête par excellence du dix-huitième siècle, c'était, comme vous savez, le bal de l'Opéra, et souvent je m'étais donné, pendant une nuit, l'amusement d'encourager, à l'abri d'un voile impénétrable, des romans que je savais fermer à la première page, — d'accepter des médianoches, où les mots plaisants tombaient dru comme grêle avec une verve qu'ils n'auraient osé avoir dans aucun salon. Mais ces incartades, je ne les avais faites jusque-là qu'en bonne force, entourée d'un rempart d'amis qui 'm'obligeait à certaine réserve, au milieu même de ma gaieté.

» Cette fois, je pris un grand parti : — Qui sait, me dis-je, si je sortirai jamais de mon tombeau d'Alligny ? (Hélas ! je ne croyais pas dire si vrai !) — Que ma dernière heure soit de celles qui se couronnent de roses et qu'on n'oublie plus !

» Là-dessus, je jetai sur mes épaules et sur mon front le domino le plus simple que je pus trouver, je me masquai jusqu'aux dents, et suivie seulement de ma femme de chambre, qui portait le même costume, je me rendis en voiture de louage à l'Opéra, tandis que mes attentifs de tous les soirs, ma belle-sœur et même mes gens, me plaignaient d'être retenue au lit par des vapeurs. . . . .

. . . .

» Comment je rencontrai au milieu de la
grosse turbulence des arlequins, des polichi-
nelles, des chauves-souris, des poissardes, des
colombines qui se bousculaient dans une
ronde infernale, un domino aussi hermétiquement encapuchonné que moi-même, qui m'a-
borda, me prenant pour une autre ; — comment cette méprise fut mise à profit ; — comment le tutoiement banal, cessant d'un commun
accord, ce badinage de l'intrigue fit place
entre nous à une causerie presque sérieuse,
dans laquelle nous nous découvrîmes tant
d'affinités de goûts et de sentiments, qu'au
bout d'une heure nous étions des amis de
toute la vie ; je renonce à l'expliquer. Vous
savez que l'intimité marche à pas de géant au
bal masqué. Qu'il vous suffise de savoir encore
que, chez mon compagnon, l'émotion empêcha

la hardiesse; qu'après avoir commencé par
répondre vivement à des malices, je finis par
écouter, non sans rougir, des aveux qu'à
visage découvert je n'eusse pu tolérer aussi
tendres; qu'il laissa tomber son masque; que
le son de cette voix, la vue de cette tête
expressive me firent comprendre tout ce
que je n'avais pas même pressenti jusque-
là. Au milieu d'une vulgaire saturnale, deux
cœurs s'entendirent, et l'échange en fut fait
avant même qu'ils y eussent songé. Ce fut
une nuit d'extase, une de ces nuits dans
lesquelles on épuise tout ce que la vie a de
joies profondes et cachées. En se démasquant,
mon nouvel ami m'avait dit :

» — Je me remets à votre merci; ne me
trahissez pas. Je suis presque un déserteur.
L'ivresse du carnaval s'est emparée de mon

cerveau dans une garnison maussade, où j'ai
végété tout l'hiver, et m'a enlevé à mon service. Si l'on me soupçonnait ici, ma disgrâce
serait certaine.

» — Afin d'être bien sûre de ne pas com-
mettre d'indiscrétion, je veux savoir votre
nom, avais-je répondu.

» Il parut étonné de n'être pas reconnu, et
répondit en hésitant.

» — Fernand d'Artigues. En retour de ma
confiance, laissez-moi voir autre chose que
vos yeux. Ce sera charité. Le reste de votre
visage ne peut les égaler, et je demande un
désenchantement.

» J'avais refusé, résisté obstinément à toutes
ses prières, et il s'était soumis ; mais vers la
fin de la nuit, lorsque je le vis éperdu, au
désespoir de me quitter, me demander à

genoux un souvenir, le courage me manqua.
Je me laissai voir dans le désordre de tant de
sensations nouvelles. Tout en causant, nous
nous étions fait notre confession réciproque ;
il savait que je partais le lendemain pour mes
terres. Lorsqu'il me conjura de les lui nom-
mer, je cédai encore.

» — M'y recevrez-vous ? me demanda-t-il.

» — Avant que ces fleurs soient fanées vous
en aurez oublié le chemin, répliquai-je en lui
jetant mon bouquet.

» Je ne puis vous dire quel ravissement le fit
pàlir et chanceler ; j'avais pris la fuite ; mais
en me retournant, je l'aperçus qui pressait sur
ses lèvres ce gage que je lui laissais et qui
m'attachait sans retour.

» A peine l'avais-je quitté que mon impru-
dence m'épouvanta. Je me demandai si c'était

bien moi qui avais pu succomber ainsi en un
moment, après tant de victoires remportées
sans peine. J'accusai le délire du bal, et la
contagion de l'exemple, et je ne sais quelle
fièvre éphémère dont je n'avais pas été mai-
tresse. Mais de retour à Alligny, dans la tran-
quillité de ma retraite, loin de toutes ces
surexcitations factices auxquelles j'avais repro-
ché ma défaite, son image me poursuivait.
Qu'en conclure? — Que je l'aimais. — En
même temps j'étais forcée de reconnaître avec
désespoir qu'il m'oubliait et que ce qui avait
fixé ma destinée avait dû à peine marquer dans
la sienne.

» C'était presque au lendemain de Fontenoy.
Je parfilais mélancoliquement dans la chambre
où nous sommes, quand soudain le galop d'un
cheval m'appela à la fenêtre. Il avait tenu

parole ; il arrivait à peine remis d'une blessure grave, ayant couru trente lieues bride abattue néanmoins, pour tomber à mes pieds quelques heures plus tôt ! »

. . . .

Elle me regardait muette, et ses yeux semblaient dire : « Qu'en pensez-vous? » Moi, je me demande aujourd'hui quelle misérable chose est la parole humaine, qui traduit si faiblement des regards comme celui-là.

« Huit jours d'une félicité inouïe ! Cet amour qui avait éclaté avec la rapidité et la violence de la foudre, au bruit des grelots de la folie, s'exalta dans la solitude et le mystère.

» Par égard pour ma réputation, que je lui aurais volontiers sacrifiée, Fernand n'habitait pas le château. Il avait trouvé aux environs un abri, dont il sortait chaque jour pour venir me retrouver dans l'ermitage que vous avez dû voir près de la pièce d'eau. Mais non... vous ne l'avez point vu... il est détruit, il a disparu comme tout le reste.

» Sur ces entrefaites, une lettre m'annonça la prochaine arrivée de Lucienne. J'en fus plus surprise que joyeuse. Notre tête-à-tête allait être interrompu, ou du moins forcé à des précautions singulièrement gênantes.

» Je ne pouvais faire connaître M. d'Artigues à ma belle-fille, car, bien que résolus à être l'un à l'autre, nous n'avions jamais encore prononcé le mot de mariage.

» Il fut convenu que chaque matin Fernand recevrait de moi un mot lui indiquant à quelle heure du jour il me trouverait à l'ermitage, et cela jusqu'au départ de Lucienne. Mais la pauvre enfant revenait pour ne me plus quit-

ter. Cette fois encore, j'eus peine à la reconnaître... et c'était le chagrin qui l'avait changée,
— changée à ce point qu'en me disant : « Je
viens vivre avec vous, » elle semblait plutôt
me parler de mourir ! — Son avenir était
brisé... M. de Langeac la délaissait pour une
autre; il lui avait déclaré qu'en se croyant
engagé d'honneur à lui donner son nom, il
n'était plus libre du don de son cœur, et elle
lui avait fièrement rendu sa parole, sentant
bien que tout était fini pour elle et qu'elle ne
se relèverait pas de ce cruel abandon.

» J'eus honte de mon bonheur en présence
de son angoisse; j'accablai l'infidèle qu'elle
défendit avec une générosité qui trahissait
l'excès de sa passion. La première journée se
passa ainsi; les peines de ma pauvre Lucienne

18

m'étaient si violemment retombées sur le cœur, qu'elles me firent oublier, un instant, tout ce qui me concernait personnellement et Fernand lui-même.

» Le lendemain, dans la soirée, Lucienne, au retour d'une promenade, accourut effarée dans mon appartement.

» — Ma mère, me dit-elle, je l'ai vu !

» — Qui donc?

» Une effroyable attaque de nerfs l'empêcha de me répondre. Lorsqu'elle eut repris ses sens, je l'interrogeai et n'obtins que des réponses entrecoupées, incohérentes, comme celles qu'on arrache à la folie. Cependant je compris qu'elle l'avait aperçu dans le parc, et pensant que la frayeur de voir un homme s'introduire ainsi chez moi était la seule cause de cette crise :

» — Rassure-toi, lui dis-je, j'ai eu tort de te rien cacher... Tu sauras la vérité, et tu me pardonneras, j'espère, quand tu connaîtras Fernand.

» — Fernand? répéta-t-elle en cherchant à comprendre. Quel est-il?

» — Celui que tu viens de rencontrer.

» — Mais c'est M. de Langeac! s'écria-t-elle avec une véhémence incroyable. Que me veut-il? comment se trouve-t-il ici?

» Elle eut un nouvel évanouissement plus long encore que le premier, et durant lequel je demeurai incapable de lui porter secours, sentant qu'un immense malheur se préparait pour moi, et ne souhaitant que de reculer l'instant où se ferait la lumière.

» Cependant il fallait bien que cet instant arrivât. Avec tout le calme que je pus affecter,

je lui demandai de me faire le portrait exact
de M. de Langeac. Lorsqu'elle eut achevé et
que le doute ne me fut plus permis :

» — Allez à l'ermitage, dis-je à un laquais,
et priez la personne qui s'y trouve de monter ici.

» Cinq minutes après Fernand entrait, ne
sachant que penser, tremblant que quelque
accident ne me fût arrivé, tout inquiet et hors
de lui.

» Il poussa un soupir de soulagement, en
me voyant saine et sauve ; je l'arrêtai comme
il s'élançait vers moi, et lui montrai Lucienne
étendue sur des coussins.

» Le masque de Méduse n'a jamais produit
d'effet plus terrible : il devint livide, un cri se
figea sur ses lèvres, et, comme pétrifié, il
s'adossa au mur.

» — Eh bien ! lui dis-je en rassemblant toutes mes forces, eh bien ! voilà nos ruses déjouées. Le sort vous a servi, et vous n'avez plus besoin d'interprète auprès de ma fille. C'est à vous d'implorer vous-même....

» Je ne pus achever.

» Lucienne m'interrogeait des yeux.

» — Ne comprenez-vous pas, lui dis-je, qu'un caprice passager l'éloignait de vous, que l'accès de démence auquel il a failli vous sacrifier a cessé pour toujours, qu'il est venu me trouver pour obtenir que je l'aidasse à vous fléchir, et qu'il serait trop dur, après tout ce que ce grand coupable a enduré de remords, de ne point lui tendre la main ?

» Je ne sais comment je débitai cette fable Fernand était loin de me venir en aide ; mais

18.

elle ne demandait qu'à être trompée. Elle crut et pardonna. »

— Mais lui ?

— Il avait lu dans mes yeux que je serais inflexible. Pourtant il voulut me voir, écrire, se justifier. Je tins ma porte impitoyablement close, je lui renvoyai ses lettres. Si je m'étais retrouvée en face de lui, si j'avais seulement consenti à lire un mot de sa main, j'étais perdue.

— Il a dû souffrir autant que vous !

Elle sourit d'un sourire navré cette fois.

— Lucienne était aussi jolie que moi, plus jeune ! Elle avait failli mourir d'amour pour lui ; il n'en faut pas tant pour consoler un homme.

— Et vous vous êtes consolée aussi ?

— Je ne sais si j'y serais parvenue.... Les

cinq années qui ont suivi, je les ai passées enfermée à Alligny. Lucienne est venue deux fois, et sa vue ne m'a fait que du mal. Lui, a eu la générosité de comprendre que nous ne devions jamais nous rencontrer en ce monde.

Comme une larme roulait sur ses doigts, que je baisai avec un respect douloureux :

— Ne me plaignez pas, ajouta-t-elle. J'ai aimé. Toute ma vie s'est résumée dans les huit jours qu'il m'a donnés, et je ne la changerais pas pour d'autres plus longues et moins troublées. Le bonheur ne se mesure point au temps. Une minute peut en contenir tout une éternité....

J'entendis à peine ces derniers mots que couvrit le chant discordant du coq qui s'égosillait dans la cour.

Le soleil entrait à flots pressés par les fenêtres sans rideaux ni contrevents, et le concierge sur le seuil de la porte me saluait d'un bonjour matinal.

Quant à ma belle châtelaine, elle était lestement remontée dans son cadre, d'où il ne semblait pas qu'elle eût jamais bougé.

Le désappointement qui s'empare de vous, lorsque après un beau rêve on est forcé de s'apercevoir qu'on a dormi, me fit accueillir assez mal mon valet de chambre improvisé. Il s'enquit de mon sommeil sans se douter qu'il avivait une blessure cruelle, et, déposant sur le lit un in-folio relié en parchemin :

— Voilà qui vous intéressera, dit-il ; j'ai trouvé ce bouquin dans le grenier : c'est l'histoire de tous les seigneurs successifs d'Alligny, avec leurs généalogies.

— Donnez ! m'écriai-je avidement.

Mais le bonhomme sorti, je refermai le livre :

— A quoi bon, pensai-je, compléter ma déception ? A quoi bon lui chercher un nom qui ne sera pas le sien ? A quoi bon me prouver à moi-même qu'il n'y a rien de vrai dans le récit que je viens d'entendre ? Tel qu'il est, avec ses lacunes, ses invraisemblances, j'y croirai.

Et me tournant vers la marquise anonyme.
— Quant à toi, charmant fantôme de ce qu'elle fut, de ce qu'elle était tout à l'heure encore, ta captivité dans ce donjon touche à son terme. Quelque prix qu'on mette à ta possession, tu m'appartiendras ! Je pourrai t'évoquer chaque jour et continuer mon rôle de confident, puisque la destinée, en me faisant naître un

siècle trop tard, m'a défendu d'aspirer à celui de consolateur.

Ai-je encore rêvé, ou ai-je réellement vu cet éclair irrité qui passa dans ses yeux et cette expression de douleur infinie qui semblait dire :

— Laisse-moi tomber en poussière avec les lieux qui ont été le temple et le calvaire de mes amours?

Quoi qu'il en fût, je rougis de ma pensée coupable, et après un dernier regard à la dame d'Alligny, un dernier pèlerinage dans les longues allées qu'elle avait foulées avant moi, je partis emportant en moi-même un étrange sentiment de tendresse, d'enthousiasme et de regret.

— Quoi ! pour un portrait? dira-t-on. Pour un rêve?

Et pourquoi non ?

Les ai-je moins vécus ces attendrissements, ces surprises, toutes ces sensations étranges, qu'elles soient sorties par la porte de corne ou par celle d'ivoire ? — Qui osera dire que mes aventures de cette nuit-là appartiennent au domaine de l'illusion plus que tous les amours et tous les bonheurs de ce monde ?

FIN

TABLE

Clichy. — Imp. Maurice Loignon et Cie, rue du Bac-d'Asnières, 12.

CATALOGUE

DE

MICHEL LÉVY

FRÈRES

LIBRAIRES ÉDITEURS

ET DE

LA LIBRAIRIE NOUVELLE

PREMIÈRE PARTIE[1]

Nouveaux ouvrages en vente. — Ouvrages divers, format in-8e.
Bibliothèque contemporaine, format gr. in-18. — Bibliothèque nouvelle.
OEuvres complètes de Balzac. — Collection Michel Lévy, form. gr. in-18.
Collection format in-32. — Collection à 50 centimes.
Musée littéraire contemporain, in-4o. — Brochures diverses.
Ouvrages divers illustrés.

Tous les ouvrages portés sur ce Catalogue sont expédiés *franco* (contre mandats ou timbres-poste), sans augmentation de prix, excepté les volumes à 1 fr. de la Collection Michel Lévy, auxquels il faut ajouter 25 cent. par volume.

RUE VIVIENNE, 2 BIS
ET BOULEVARD DES ITALIENS, 15
AU COIN DE LA RUE DE GRAMMONT
PARIS
—
AVRIL — 1868

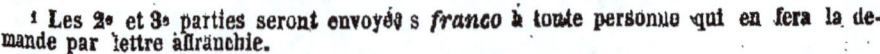

[1] Les 2e et 3e parties seront envoyées *franco* à toute personne qui en fera la demande par lettre affranchie.

NOUVEAUX OUVRAGES EN VENTE

Format in-8

M. GUIZOT   f. c.

MÉLANGES BIOGRAPHIQUES ET LITTÉRAIRES. 1 vol. 7 50

MÉDITATIONS SUR L'ÉTAT ACTUEL DE LA RELIGION CHRÉTIENNE. 1 vol. . . 6 »

MÉMOIRES POUR SERVIR A L'HISTOIRE DE MON TEMPS. T. VIII et dern. 1 v. 7 50

LA JEUNESSE DU PRINCE ALBERT. — Traduction publiée sous la direction de M. Guizot. — 1 vol. . . . . 6 »

A. DE LAMARTINE
ANTONIELLA. 1 vol. . . . . 6 »

ERNEST RENAN
LES APOTRES. 1 vol. 7 50

VIE DE JÉSUS. 13e édit., revue et considérablement augmentée 1 v. 7 50

QUESTIONS CONTEMPORAINES. 2e édit. 1 vol. 7 50

LE COMTE D'HAUSSONVILLE
L'ÉGLISE ROMAINE ET LE PREMIER EMPIRE — 1800-1814 — avec notes, corresp. diplomatiques et pièces justificatives entièrem. inédites. 2 v. 15 »

VICTOR JACQUEMONT
CORRESPONDANCE INÉDITE avec sa famille, ses amis, 1824-1832, précédée d'une notice par V. Jacquemont neveu, et d'une introduction de Prosper Mérimée. 2 vol. . . 12 »

E. BEULÉ, de l'Institut
AUGUSTE, SA FAMILLE ET SES AMIS. 2e édition. 1 vol. . . . . . 6 »

F. PONSARD
ŒUVRES COMPLÈTES. 2 vol. . . . 15 »

SAINT-MARC GIRARDIN
LAFONTAINE ET LES FABULISTES. 2 v. 15 »

J.-J. AMPÈRE
VOYAGE EN ÉGYPTE ET EN NUBIE. 1 v. 7 50

MÉLANGES D'HISTOIRE LITTÉRAIRE ET DE LITTÉRATURE. 2 vol. . . . . 12 »

Mme DU DEFFAND
CORRESPONDANCE COMPLÈTE AVEC LA DUCHESSE DE CHOISEUL, L'ABBÉ BARTHÉLEMY ET M. CRAUFURT. 2e édit., entièrement revue et considérablement augmentée. 3 vol. . . 22 50

PAUL DE SAINT-VICTOR
HOMMES ET DIEUX. 2e édit. 1 vol. 7 50

ALEXIS DE TOCQUEVILLE
CORRESPONDANCE ET ŒUVRES POSTHUMES, nouv. édit. (t. 5 et 6 des OEuvres complètes). 2 vol. . . 12 »

L. DE VIEL-CASTEL
HISTOIRE DE LA RESTAURATION. tome X. 1 vol. . . . . 6 »

DUVERGIER DE HAURANNE
HISTOIRE DU GOUVERNEMENT PARLEMENTAIRE EN FRANCE (1814-1848). Tome VIII. 1 vol. 7 50

Format gr. in-18 à 3 fr. le vol.

GEORGE SAND   vol.

CADIO. 1

JEAN ZISKA. 1

LE DERNIER AMOUR 1

OCTAVE FEUILLET
de l'Académie française

M. DE CAMORS. 8e édition. 1

ALEXANDRE DUMAS FILS
AFFAIRE CLÉMENCEAU. — Mémoire de l'accusé. 10e édition. 1

VICTOR HUGO
EN ZÉLANDE. 1

L'AUTEUR DU PÉCHÉ DE MADELEINE
HISTOIRE DE SOUCI. 1

MAXIME DU CAMP
EN HOLLANDE. 1

LA COMTESSE DASH
COMMENT ON FAIT SON CHEMIN DANS LE MONDE. — Code du savoir-vivre. 1

L'AUTEUR DE M. X. ET Mme ***
LA PLAGE D'ÉTRETAT. 1

ERNEST FEYDEAU
LA COMTESSE DE CHALIS. 3e édition. . 1

LE COMTE AGENOR DE GASPARIN
LA LIBERTÉ MORALE. 2

A. DE PONTMARTIN
LES CORBEAUX DU GÉVAUDAN. 2e édition. 1

X. MARMIER
LES DRAMES DU CŒUR. 1

MARIE ALEXANDRE DUMAS
AU LIT DE MORT. 2e édition. . . . 1

Mme C. DE WITT, NÉE GUIZOT
HISTOIRE DU PEUPLE JUIF, depuis son retour de la captivité à Babylone jusqu'à la ruine de Jérusalem. . . 1

DE STENDHAL (H. Beyle)
MÉLANGES D'ART ET DE LITTÉRATURE. . 1

ALEXANDRE DUMAS
HISTOIRE DE MES BÊTES. 2e édition. 1

LA COMTESSE DE BOIGNE
LA MARÉCHALE D'AUBEMER. 1

L'AUTEUR DES HORIZONS PROCHAINS
A CONSTANTINOPLE. 2e édition. . . . 1

AUGUSTIN THIERRY
LETTRES SUR L'HISTOIRE DE FRANCE et dix ans d'études historiques. Nouvelle édition. 1

GÉRARD DE NERVAL
LES ILLUMINÉS. — LES FAUX SAULNIERS. 1

C.-A. SAINTE-BEUVE
de l'Académie française

NOUVEAUX LUNDIS. Tome 9. 1

HENRI HEINE
SATIRES ET PORTRAITS. 1

DE TOUT UN PEU 1

OUVRAGES DIVERS
Format in-8

J.-J. AMPÈRE f. c.

CÉSAR, Scènes historiques. 1 vol. . 7 50
L'HISTOIRE ROMAINE A ROME, avec des
  plans topographiques de Rome à
  diverses époques. 2ᵉ édit. 4 vol. 30 »
L'EMPIRE ROMAIN A ROME. 2 vol. . 15 »
MÉLANGES D'HISTOIRE LITTÉRAIRE ET
  DE LITTÉRATURE. 2 vol. . . . . 12 »
PROMENADE EN AMÉRIQUE. — États-
  Unis, Cuba, Mexique. 3ᵉ édit. 2 v. 12 »
VOYAGE EN ÉGYPTE ET EN NUBIE
  1 vol. 7 50

***

MAD. LA DUCH. D'ORLÉANS. 6ᵉ éd. 1 v. 6 »

***

ALESIA. Étude sur la septième cam-
  pagne de César en Gaule. Avec 2
  cartes (Alise et Alaise). 1 vol. . 6 »
LES INSTITUTIONS MILITAIRES DE LA
  FRANCE. Louvois—Carnot—Saint-
  Cyr. 1 vol. . . . . 6 »

***

L'ANGLETERRE, études sur le Self-Go-
  vernment. 1 vol. . . . . . . 5 »

J. AUTRAN

LE CYCLOPE, d'après Euripide. 1 vol. 3 »
LE POÈME DES BEAUX-JOURS. 1 vol. . 5 »

L. BABAUD-LARIBIÈRE

ÉTUDES HIST. ET ADMINISTR. 2 vol. 12 »

J. BARTHÉLEMY SAINT-HILAIRE

LETTRES SUR L'ÉGYPTE. 1 vol. . . 7 50

L. BAUDENS

Memb. du conseil de santé des armées
LA GUERRE DE CRIMÉE. — Les campements, les abris, les ambulances,
  les hôpitaux, etc. 1 vol. . . . . 6 »

IS. BÉDARRIDE

LES JUIFS EN FRANCE, EN ITALIE ET
  EN ESPAGNE. 2ᵉ édition, revue
  et corrigée. 1 vol. 7 50

LA PRINCESSE DE BELGIOJOSO

ASIE-MINEURE ET SYRIE. Souvenirs
  de voyage. 1 vol. 7 50
HIST. DE LA MAISON DE SAVOIE. 1 v. 7 50

E. BÉNAMOZEGH

MORALE JUIVE ET MORALE CHRÉTIENNE.
  1 vol. 7 50

E. BEULÉ, *de l'Institut*

AUGUSTE, SA FAMILLE ET SES AMIS.
  2ᵉ édition. 1 vol. . . . . . . 6 »
TIBÈRE ET L'HÉRITAGE D'AUGUSTE. 1 v. 6 »
J.-B. BIOT *de l'Acad. des Sc. et de l'Ac. fr.*
ÉTUDES SUR L'ASTRONOMIE INDIENNE ET
  SUR L'ASTRONOMIE CHINOISE. 1 v. 7 50
MÉLANGES SCIENTIFIQUES ET LITTÉ-
  RAIRES. 3 vol. 22 50

CORNELIUS DE BOOM

UNE SOLUT. POLIT. ET SOCIALE. 1 vol. 6 »

FRANÇOIS DE BOURGOING

HISTOIRE DIPLOMATIQUE DE L'EUROPE
  PENDANT LA RÉVOL. FRANÇAISE. 2 v. 15 »

M.-L. BOUTTEVILLE f. c.

LA MORALE DE L'ÉGLISE ET LA MO-
  RALE NATURELLE. 1 vol. . . . 7 50

LE PRINCE A. DE BROGLIE

QUESTIONS DE RELIGION ET D'HIS-
  TOIRE. 2 vol. . . . . 15 »

A. CALMON

HISTOIRE PARLEMENTAIRE DES FINAN-
  CES DE LA RESTAURATION. 1 vol. . 7 50

CAMOIN DE VENCE

MAGISTRATURE FRANÇAISE, son action
  et son influence sur l'état de la société aux diverses époques. 1 vol. 6 »

AUGUSTE CARLIER

DE L'ESCLAVAGE dans ses rapports
  avec l'Union américaine. 1 vol. . 6 »
HISTOIRE DU PEUPLE AMÉRICAIN. —
  Etats-Unis — et de ses rapports
  avec les Indiens. 2 vol. . . . . 12 »

J. COHEN

LES DÉICIDES. Examen de la Vie
  de Jésus et des développements de
  l'Eglise chrétienne dans leurs rapports avec le judaïsme ; 2ᵉ édit.
  revue, corrigée. 1 vol. . . . . 6 »

A. DE COSTER

LÉGENDES FLAMANDES. 1 vol. . . . 6 »

J.-J. COULMANN

RÉMINISCENCES. 2 vol. . . . . . 10 »

VICTOR COUSIN *de l'Acad. française*

PHILOSOPHIE DE KANT. 1 vol. . . 5 »
PHILOSOPHIE ÉCOSSAISE. 1 vol. . . 5 »

A. BEN-BARUCH CRÉHANGE

LES PSAUMES, traduct. nouv. 1 vol. 10 »

J. CRETINEAU-JOLY

LE PAPE CLÉMENT XIV, lettre au Père
  Theiner. 1 vol. . . . . 3 »

LE PRINCE L. CZARTORYSKI

ALEXANDRE Iᵉʳ ET LE PRINCE CZAR-
  TORYSKI. Correspondance particu-
  lière et conversations, publiées
  avec une Introduction. 1 vol. . . 7 50

LE GÉNÉRAL E. DAUMAS

LES CHEVAUX DU SAHARA ET LES MŒURS
  DU DÉSERT. 1 vol. 7 50
LE GRAND DÉSERT : Itinéraire d'une
  Caravane du Sahara au pays des
  Nègres (royaume de Haoussa),
  suivi d'un Vocabulaire d'histoire
  naturelle et du code de l'esclavage
  chez les musulmans, avec une carte
  coloriée. *Nouv. édition.* 1 vol. . 12 »

MARIA DERAISME

LE THÉÂTRE CHEZ SOI. 1 vol. . . . 6 »

CAMILLE DOUCET

COMÉDIES EN VERS. 2 vol. . . . . 12 »

MAXIME DU CAMP

LES CONVICTIONS. 1 vol. . . . . . 5 »

A. DU CASSE

DU SOIR AU MATIN. Scènes de la
  vie militaire. 1 vol. . . . . . 5 »

Mme DU DEFFAND   f. c.

CORRESPONDANCE COMPLÈTE AVEC LA DUCHESSE DE CHOISEUL, L'ABBÉ BARTHÉLEMY ET M. CRAUFURT. *Nouvelle édit., revue et augm.* avec introd. par *M. de Saint-Aulaire.* 3 v. 22 50

ALEXANDRE DUMAS FILS

AFFAIRE CLÉMENCEAU. — Mémoire de l'accusé. — 9e *édition.* 1 vol. . . . 6 »

MARIE ALEXANDRE DUMAS

AU LIT DE MORT. 1 vol. . . . . . 6 »

DUMONT DE BOSTAQUET

MÉMOIRES INÉDITS, publiés par *Ch. Read* et *Fr. Waddington.* 1 v. 7 50

DUVERGIER DE HAURANNE

HISTOIRE DU GOUVERNEMENT PARLEMENTAIRE EN FRANCE. 8 vol. . . 60 »

LE BARON ERNOUF

HIST. DE LA DERNIÈRE CAPITULATION DE PARIS. Événem. de 1815. 1 vol. 6 »

LE PRINCE EUGÈNE

MÉMOIRES ET CORRESPONDANCE POLITIQUE ET MILITAIRE, publiés par *A. Du Casse.* 10 vol. . . . 60 »

J. FERRARI

HISTOIRE DE LA RAISON D'ÉTAT. 1 v. 7 50

GUSTAVE FLAUBERT

SALAMMBO. 1 vol. *vélin.* . . . . . 12 »

A. DE FLAUX

SONNETS. 1 vol. . . . . 5 »

LE COMTE DE FORBIN

CHARLES BARIMORE. *N. édition.* 1 vol. 3 »

AD. FRANCK *de l'Institut*

ÉTUDES ORIENTALES. 1 vol. 7 50
RÉFORMATEURS ET PUBLICISTES DE L'EUROPE. Moyen âge et Renaiss. 1 vol. 7 50

C. FRÉGIER

LES JUIFS ALGÉRIENS, leur passé, leur présent, leur avenir, etc. 1 vol. . 8 »

H. GACHARD

DON CARLOS ET PHILIPPE II. 2e édit. 1 vol. 7 50

G. GANESCO

DIPLOMATIE ET NATIONALITÉ. 1 vol. . 2 »

Cte AGÉNOR DE GASPARIN

L'AMÉRIQUE DEVANT L'EUROPE. 1 vol. 6 »
UN GRAND PEUPLE QUI SE RELÈVE, LES ÉTATS-UNIS EN 1861. 1 vol. 5 »

P.-A.-F. GÉRARD

HIST. DES FRANCS D'AUSTRASIE. 2 vol. 12 »

G.-G. GERVINUS

Trad. J.-F. Minssen et L. Sgouk
INSURRECTION ET RÉGÉNÉRATION DE LA GRÈCE. 2 vol. . . . . 16 »

ÉMILE DE GIRARDIN

LES DROITS DE LA PENSÉE. 1 vol. . . 6 »
FORCE OU RICHESSE. 1 vol. . . . . 6 »
PENSÉES ET MAXIMES. 1 vol. . . . 6 »
QUESTIONS DE MON TEMPS. 12 vol. . 72 »

ÉDOUARD GOURDON   f. c.

HISTOIRE DU CONGRÈS DE PARIS. 1 vol. 5 »

ERNEST GRANDIDIER

VOYAGE DANS L'AMÉRIQUE DU SUD. 1 v. 5 »

H. GRAETZ

SINAÏ ET GOLGOTHA ou les origines du judaïsme et du christianisme. 1 vol. 7 50

F. GUIZOT

LA CHINE ET LE JAPON, par *Laurence Oliphant.* Trad. nouv. 2 v. 12 »
L'ÉGLISE ET LA SOCIÉTÉ CHRÉTIENNES. 4e *édition.* 1 vol. . . . . 5 »
HISTOIRE DE LA FONDATION DE LA RÉPUBLIQUE DES PROVINCES-UNIES, par *J. Lothrop Motley,* trad. nouvelle, précédée d'une grande introduction (l'*Espagne et les Pays-Bas aux XVIe et XIXe siècles*). 4 vol. . 24 »
HISTOIRE PARLEMENTAIRE DE FRANCE. Recueil complet des discours de M. Guizot dans les Chambres, de 1819 à 1848, accompagnés de résumés historiques et précédés d'une introduction ; formant le complément des *Mémoires pour servir à l'histoire de mon temps.* 5 vol. 37 50
LA JEUNESSE DU PRINCE ALBERT, traduction publiée sous la direction de M. Guizot. 1 vol. . . . . . . 6 »
MÉDITATIONS SUR L'ESSENCE DE LA RELIGION CHRÉTIENNE. 2e éd. 1 vol. 6 »
MÉDITATIONS SUR L'ÉTAT ACTUEL DE LA RELIGION CHRÉTIENNE. 1 vol. . 6 »
MÉDITATIONS SUR LA RELIGION CHRÉTIENNE dans ses rapports avec l'état actuel des sociétés et des esprits. 1 v. 6 »
MÉLANGES BIOGRAPHIQUES ET LITTÉRAIRES. 1 vol. 7 50
MÉMOIRES POUR SERVIR À L'HISTOIRE DE mon temps. 2e *édition* (ouvrage complet). 8 vol. . . . . 60 »
LE PRINCE ALBERT, son caractère et ses discours, traduit par ***, et précédé d'une préface. 2e éd. 1 vol. 6 »
WILLIAM PITT ET SON TEMPS, par *lord Stanhope,* traduction précédée d'une introduction. 1 vol. . . . 24 »

LE COMTE D'HAUSSONVILLE

L'ÉGLISE ROMAINE ET LE PREMIER EMPIRE. 2 vol. . . . . 15 »

HERMINJARD

CORRESPONDANCE DES RÉFORMATEURS dans les pays de langue française. 2 vol. . . . . 20 »

ROBERT HOUDIN

TRICHERIES DES GRECS DÉVOILÉES. 1 v. 5 »

ARSÈNE HOUSSAYE

MADEMOISELLE CLÉOPATRE. 7e éd. 1 v. 6 »

VICTOR HUGO

LA LÉGENDE DES SIÈCLES. 2 vol. . . 15 »

VICTOR JACQUEMONT

CORRESPONDANCE INÉDITE avec sa famille, ses amis, 1824-1832, précédée d'une notice par *V. Jacquemont neveu,* et d'une introduction de *Pr. Mérimée.* 2 vol. . . . . 12 »

PAUL JANET f. c.
PHILOSOPHIE DU BONHEUR. 2e *édit.* 1 v. 7 50

JULES JANIN
LES GAÎTÉS CHAMPÊTRES. 2 vol. . . 12 »
LA RELIGIEUSE DE TOULOUSE. 2 vol. 12 »

ALPHONSE JOBEZ
LA FEMME ET L'ENFANT. 1 vol. . . . 5 »

***
ÉTUDES SUR LA MARINE :
L'escadre de la Méditerranée. —
La Question chinoise. — La Marine
à vapeur dans les guerres continen-
tales. 1 vol. . . . . . : . . 7 50

A. KUENEN — *Trad. A. Pierson*
HISTOIRE CRITIQUE DES LIVRES DE
L'ANCIEN TESTAMENT, avec une
préface par *Ernest Renan.* 1 vol. . 7 50

LAMARTINE
ANTONIELLA. 1 vol. . . . . 6 »
GENEVIÈVE. Hist. d'une Servante. 1 vol. . 5 »
NOUVELLES CONFIDENCES. 1 vol. . . . 5 »
TOUSSAINT LOUVERTURE. 1 vol. . . . 5 »
VIE DE CÉSAR. 1 vol. . . . . . 5 »

CHARLES LAMBERT
L'IMMORTALITÉ SELON LE CHRIST. 1 v. 7 50
LE SYSTÈME DU MONDE MORAL. 1 vol. 7 50

JULES DE LASTEYRIE
HISTOIRE DE LA LIBERTÉ POLITIQUE
EN FRANCE. 1re *Partie.* 1 vol. . 7 50

DE LATENA
ÉTUDE DE L'HOMME. 3e *édit.* 1 vol. 7 50

LATOUR SAINT-YBARS
VIE DE NÉRON. 1 vol. 7 50

LÉONCE DE LAVERGNE
LES ASSEMBLÉES PROVINCIALES SOUS
LOUIS XVI. 1 vol. 7 50

JULES LE BERQUIER
LA COMMUNE DE PARIS. 1 vol. . . . 3 »

VICTOR LE CLERC ET ERNEST RENAN
HISTOIRE LITTÉRAIRE DE LA FRANCE
AU XIVe SIÈCLE. 2 vol. . . . . 16 »

CHARLES LENORMANT
BEAUX-ARTS ET VOYAGES, précédés
d'une lettre de *M. Guizot.* 2 vol. 15 »

L. DE LOMÉNIE
BEAUMARCHAIS ET SON TEMPS. Études
sur la Société en France au XVIIIe
siècle. 2e *édition.* 2 vol. . . . 15 »

LORD MACAULAY *Traduct. G. Guizot*
ESSAIS HIST. ET BIOGRAPHIQUES. 2 v. 12 »
—LITTÉRAIRES. 1 vol. . . . . . 6 »
—POLIT. ET PHILOSOPHIQUES. 1 vol. . 6 »
—SUR L'HIST. D'ANGLETERRE. 1 vol. 6 »

JOSEPH DE MAISTRE
CORRESPONDANCE DIPLOMATIQUE (1811-
1817), publiée par *A. Blanc.* 2 vol. 15 »
MÉMOIRES POLITIQUES ET CORRESPON-
DANCE DIPLOMATIQUE, avec explica-
tions, etc., par *Albert Blanc.* 1 v. 6 »

LE COMTE DE MARCELLUS f. c.
CHATEAUBRIAND ET SON TEMPS. 1 vol. 7 50
LES GRECS ANCIENS ET LES GRECS
MODERNES. Études littér. 1 vol. . 7 50
SOUVENIRS DIPLOMATIQUES. Corres-
pondance intime de M. de Chateau-
briand. *Nouv. édition.* 1 vol. . 5 »
VINGT JOURS EN SICILE. 1 vol. . . . 5 »

J. MARTIN PASCHOUD
LIBERTÉ, VÉRITÉ, CHARITÉ. 1/2 vol. . 2 »

LE DOCTEUR FÉLIX MAYNARD
SOUVENIRS D'UN ZOUAVE DEVANT SÉ-
BASTOPOL. 2 vol. . . . . 15 »

J.-H. MERLE D'AUBIGNÉ
HISTOIRE DE LA RÉFORMATION EN
EUROPE AU TEMPS DE CALVIN. 4 vol. 30 »

MÉRY
NAPOLÉON EN ITALIE, Poëme. 1 vol. . 5 »

LE COMTE MIOT DE MÉLITO
*Ancien ambassadeur, ministre, conseil-
ler d'État et membre de l'Institut*
SES MÉMOIRES, publiés par sa famille
(1788-1815). 3 vol. . . . . . 18 »

Mme A. MOLINOS-LAFITTE
SOLITUDES. 2e *édition.* 1 vol. . . 5 »

LE COMTE DE MONTALIVET
LE ROI LOUIS-PHILIPPE (liste civile).
*Nouv. édit., entièrement revue et
consid. augm. de notes, pièces, etc.,
avec portrait et fac-simile du roi,
le plan du château de Neuilly.* 1 v. 6 »

MORTIMER-TERNAUX
HISTOIRE DE LA TERREUR. (1792-1794),
d'après des documents authen-
tiques et inédits. 6 vol. . . . 36 »

LE BARON DE NERVO
LES BUDGETS DE LA FRANCE ET DE
L'ANGLETERRE. 1 vol. 7 50
LES FINANCES FRANÇAISES SOUS L'AN-
CIENNE MONARCHIE, LA RÉPUBLIQUE,
LE CONSULAT ET L'EMPIRE. 2 vol. 15 »
LES FINANCES FRANÇAISES SOUS LA
RESTAURATION. 3 vol. 22 50

MICHEL NICOLAS
DES DOCTRINES RELIGIEUSES DES JUIFS
pendant les deux siècles antérieurs
à l'ère chrétienne. 2e *édit.* 1 vol. 7 50
ESSAIS DE PHILOSOPHIE ET D'HISTOIRE
RELIGIEUSE. 1 vol. 7 50
ÉTUDES CRITIQUES SUR LA BIBLE.
Ancien Testament. 1 vol. . . . 7 50
ÉTUDES CRITIQUES SUR LA BIBLE.
Nouveau Testament. 1 vol. . . . 7 50
ÉTUDES SUR LES ÉVANGILES APOCRY-
PHES. 1 vol. 7 50
LE SYMBOLE DES APÔTRES. 1 vol. . . 7 50

CHARLES NISARD
LES GLADIATEURS DE LA RÉPUBLIQUE
DES LETTRES. 2 vol. . . . . . 15 »

CASIMIR PERIER   f. c.

LES FINANCES DE L'EMPIRE. 1/2 vol . 1 »
LES FINANCES ET LA POLITIQUE. 1 vol . 5 »
LE TRAITÉ AVEC L'ANGLETERRE.
   2e édit. rev. et augm. 1/2 vol . . 1 50

GEORGES PERROT

SOUVENIRS D'UN VOYAGE EN ASIE-
   MINEURE. 2e édition. 1 vol. . . 7 50

A. PEYRAT

HISTOIRE ÉLÉMENTAIRE ET CRITIQUE
   DE JÉSUS, 3e édition. 1 vol. . . . 7 50

A. PHILIPPE

ROYER-COLLARD. Sa vie publique, sa
   vie privée, sa famille. 1 vol. . . 5 »

L'ABBÉ PIERRE

CONSTANTINOPLE, JÉRUSALEM ET ROME,
   avec un plan de Jérusalem et une
   carte des côtes orientales de la
   Méditerranée. 2 vol. . . . . . 15 »

F. PONSARD de l'Académie française

ŒUVRES COMPLÈTES. 2 vol. . . . . 15 »

LE COMTE DE PONTÉCOULANT

SOUVENIRS HISTORIQUES ET PARLEMEN-
   TAIRES, extraits de ses papiers et
   de sa corresp. (1764-1848). 4 vol. 24 »

PRÉVOST-PARADOL
de l'Académie française

ÉLISABETH ET HENRI IV (1595-1598).
   2e édition. 1 vol. . . . . . . 6 »
ESSAIS DE POLITIQUE ET DE LITTÉ-
   RATURE. 2e édition. 1 vol. . . 7 50
NOUVEAUX ESSAIS DE POLITIQUE ET DE
   LITTÉRATURE. 1 vol. 7 50
ESSAIS DE POLITIQUE ET DE LITTÉRA-
   TURE. 3e série. 1 vol. 7 50

EDGAR QUINET

HISTOIRE DE LA CAMPAGNE DE 1815.
   2e édit. 1 vol. avec une carte. . 7 50
MERLIN L'ENCHANTEUR. 2 vol. . . 15 »

JOSEPH DE RAINNEVILLE

LA FEMME DANS L'ANTIQUITÉ ET D'A-
   PRÈS LA MORALE NATURELLE. 1 vol. 7 50

Mme RÉCAMIER

SOUVENIRS ET CORRESPONDANCE tirés
   de ses papiers. 3e édition. 2 vol. 15 »
COPPET ET WEIMAR — MADAME DE
   STAEL ET LA GRANDE-DUCHESSE
   LOUISE. Récits et Correspondan-
   ces, par l'auteur des Souvenirs de
   Madame Récamier. 1 vol. . . . 7 50

CH. DE RÉMUSAT   f. c.
de l'Académie française

POLITIQUE LIBÉRALE, ou Fragments
   pour servir à la défense de la révolution française. 1 vol. 7 50

ERNEST RENAN

LES APOTRES. 1 vol. 7 50
AVERROÈS ET L'AVERROÏSME, essai his-
   torique. 2e édition. 1 vol. . . . 7 50
LE CANTIQUE DES CANTIQUES, traduit
   de l'hébreu, avec une étude sur le
   plan, l'âge et le caractère du poëme.
   2e édition. 1 vol. . . . . 6 »
LA CHAIRE D'HÉBREU AU COLLÉGE DE
   FRANCE. 3e édit. Brochure. . . . 1 »
DE L'ORIGINE DU LANGAGE. 4e édition.
   1 vol. . . . . 6 »
DE LA PART DES PEUPLES SÉMI-
   TIQUES DANS L'HISTOIRE DE LA
   CIVILISATION. 5e édit. Brochure. . 1 »
ESSAIS DE MORALE ET DE CRITIQUE.
   3e édition. 1 vol. 7 50
ÉTUDES D'HISTOIRE RELIGIEUSE.
   6e édition. 1 vol. 7 50
HISTOIRE GÉNÉRALE DES LANGUES SÉ-
   MITIQUES. 4e édition revue et
   augmentée. 1 vol. . . . . . . 12 »
HISTOIRE LITTÉRAIRE DE LA FRANCE
   AU XIVe SIÈCLE. 2 vol. . . . . 16 »
LE LIVRE DE JOB, traduit de l'hébreu,
   avec une étude sur l'âge et le ca-
   ractère du poëme. 3e édition. 1 vol. 7 50
QUESTIONS CONTEMPORAINES. 2e éd. 1 v. 7 50
VIE DE JÉSUS. 13e édition. 1 vol. . . 7 50

D. JOSÉ GUELL Y RENTÉ

CONSIDÉRATIONS POLITIQUES ET LITTÉ-
   RAIRES. 1 vol. . . . . 5 »
PENSÉES CHRÉTIENNES, POLITIQUES
   ET PHILOSOPHIQUES. 1 vol. . . . 5 »

LOUIS REYBAUD de l'Institut

ÉCONOMISTES MODERNES. 1 vol. . . 7 50
ÉTUDES SUR LE RÉGIME DES MANU-
   FACTURES. — La soie. 1 vol. . . 7 50
LE COTON. Son régime, ses problè-
   mes, son influence en Europe. 1 vol. 7 50
LA LAINE. 3e série des Études sur le
   régime des manufactures. 1 vol. 7 50

LE COMTE R. R.

LA JUSTICE ET LA MONARCHIE POPU-
   LAIRE. 1re partie : La Guerre
   d'Orient. 1 vol. . . . . 3 »

H. RODRIGUES

LES ORIGINES DU SERMON DE LA MON-
   TAGNE. 1 vol. . . . . 3 »
LES TROIS FILLES DE LA BIBLE.
   1 vol. . . . . 6 »
1re aux Israélites. Brochure. . 1 »
2e aux Israélites. — 3e aux Chré-
   tiens — 4e aux Protestants. 1 vol. 5 »
5e aux Philosophes. 1 vol. . . . 2 »
6e aux Mahométans — 7e spéciale
   aux Catholiques. 1 vol. . . . . 3 »
8e aux Sabiens. Brochure. . . . . 1 »

J.-J. ROUSSEAU f. c.

ŒUVRES ET CORRESPONDANCE INÉDITES, publiées par *M. Streckeisen-Moultou*. 1 vol. 7 50

J.-J. ROUSSEAU, SES AMIS ET SES ENNEMIS. Corresp. publ. par *M. Streckeisen-Moultou*, avec introd. de *M. J. Levallois* et une appréciat. crit. de *M. Sainte-Beuve*. 2 vol. 15 »

LE MARÉCHAL DE SAINT-ARNAUD

LETTRES avec pièces justificatives. 2e édit.; une notice de *M. Sainte-Beuve*. 2 vol. *vélin*, ornés du portrait et d'un autographe. . . .16 »

SAINTE-BEUVE *de l'Acad. française*

POÉSIES COMPLÈTES — JOSEPH DELORME — LES CONSOLATIONS — PENSÉES D'AOUT. *N. édition*. 2 vol. 10 »

VIE, POÉSIES ET PENSÉES DE JOSEPH DELORME. *Nouv. édition très-augmentée.* 1 vol. . . . . 5 »

SAINT-MARC GIRARDIN *de l'Acad. fr.*

SOUVENIRS ET RÉFLEXIONS POLITIQUES D'UN JOURNALISTE. 1 vol. . . 7 50

LA FONTAINE ET LES FABULISTES. 2 vol.15 »

SAINT-RENÉ TAILLANDIER

ÉTUDES SUR LA RÉVOLUTION EN ALLEMAGNE. 2 vol. . . . . .15 »

MAURICE DE SAXE. Étude historique d'après des documents inédits. 1 vol. 7 50

PAUL DE SAINT-VICTOR

HOMMES ET DIEUX. 2e édit. 1 vol. 7 50

J. SALVADOR

HISTOIRE DE LA DOMINATION ROMAINE EN JUDÉE ET DE LA RUINE DE JÉRUSALEM. 2 volumes . . . . . .15 »

HISTOIRE DES INSTITUTIONS DE MOISE ET DU PEUPLE HÉBREU. 3e *édition*, revue et augmentée. 2 vol. . .15 »

JÉSUS-CHRIST ET SA DOCTRINE. Histoire de la naissance de l'Église et de ses progrès pendant le premier siècle. *Nouv. édit. augment.* 2 v.15 »

PARIS, ROME, JÉRUSALEM. Question religieuse au XIXe siècle. 2 vol. . .15 »

MAURICE SAND

RAOUL DE LA CHASTRE. 1 vol. . . . 6 »

SANTIAGO ARCOS

LA PLATA. Étude historique. 1 vol. 10 »

EDMOND SCHERER

MÉLANGES D'HISTOIRE RELIGIEUSE. 1 v. 7 50

DE SÉNANCOUR

RÊVERIES. 3e *édition*. 1 vol. . . 5 »

JAMES SPENCE

L'UNION AMÉRICAINE. 1 vol. . . . . 6 »

A. DE TOCQUEVILLE

ŒUVRES COMPLÈTES (*nouvelle édition*)

L'ANCIEN RÉGIME ET LA RÉVOLUTION. 4e *édition*. 1 vol. . . . . 6 »

DE LA DÉMOCRATIE EN AMÉRIQUE. *Nouvelle édition.* 3 vol. . . . .18 »

ÉTUDES ÉCONOMIQUES, POLITIQUES ET LITTÉRAIRES. 1 vol. . . . . 6 »

A. DE TOCQUEVILLE (*Suite*) fr. c.

MÉLANGES. Fragments historiques et Notes. 1 vol. . . . . 6 »

NOUVELLE CORRESPONDANCE, entièrement inédite. 1 vol. . . . . 6 »

ŒUVRES POSTHUMES ET CORRESPONDANCE. Introd. de *M. G. de Beaumont* 2 v. 12 »

E. DE VALBEZEN

LES ANGLAIS ET L'INDE, avec notes, etc. 3e *édition*. 1 vol. 7 50

OSCAR DE VALLÉE

ANTOINE LEMAISTRE ET SES CONTEMPORAINS. 2e *édition*. 1 vol. . . 7 50

LE DUC D'ORLÉANS ET LE CHANCELIER D'AGUESSEAU. 1 vol. 7 50

LE DUC DE VALMY

LE PASSÉ ET L'AVENIR DE L'ARCHITECTURE. 1 vol. . . . . 5 »

PAUL VARIN

EXPÉDITION DE CHINE. 1 vol. . . . 5 »

LE DOCTEUR L. VÉRON

QUATRE ANS DE RÈGNE. OU EN SOMMES-NOUS? 1 vol. . . . . . . 5 »

LOUIS DE VIEL-CASTEL

HISTOIRE DE LA RESTAURATION. 11 vol. 66 »

ALFRED DE VIGNY *de l'Acad. franç.*

ŒUVRES COMPLÈTES (*nouvelle édition*)

CINQ-MARS. Avec autographes de Richelieu et de Cinq-Mars. 1 vol. . . 5 »

LES DESTINÉES. Poëmes philos. 1 vol. 5 »

POÉSIES COMPLÈTES. 1 vol. . . . . . 5 »

SERVITUDE ET GRANDEUR MILITAIRES. 1 vol. . . . . 5 »

STELLO. 1 vol. . . . . 5 »

THÉÂTRE COMPLET. 1 vol. . . . . . 5 »

VILLEMAIN *de l'Académie française*

LA TRIBUNE MODERNE :

1re PARTIE. — M. DE CHATEAUBRIAND, sa vie, ses écrits, son influence litt. polit. sur son temps. 1 v. 7 50

2e PARTIE (*Sous presse*). 1 vol. 7 50

L. VITET *de l'Académie française*

L'ACADÉMIE ROYALE DE PEINTURE ET DE SCULPTURE. Étude hist. 1 vol. 6 »

LE LOUVRE. Étude historique, *revue et augmentée (Sous pr.).* 1 vol. 6 »

CORNELIS DE WITT

L'ANGLETERRE POLITIQUE ET RELIGIEUSE (1815-1860). 2 vol. (S. prés.)12 »

HISTOIRE CONSTITUTIONNELLE DE L'ANGLETERRE (1760-1860) par *Thomas Erskine May*, traduite et précédée d'une introduction. 2 vol. . . .12 »

LE RÉV. CHRISTOPHER WORDSWORT

DE L'ÉGLISE ET DE L'INSTRUCTION PUBLIQUE EN FRANCE. 1 vol. . . . . 5 »

BIBLIOTHÈQUE CONTEMPORAINE

ET COLLECTION DE LA LIBRAIRIE NOUVELLE

Format grand in-18 à 3 francs le volume

EDMOND ABOUT   vol.

LETTRES D'UN BON JEUNE HOMME A SA COUSINE. 2ᵉ *édition* 1

DERNIÈRES LETTRES D'UN BON JEUNE HOMME A SA COUSINE 1

AMÉDÉE ACHARD

LA CHASSE ROYALE. 2

LES CHATEAUX EN ESPAGNE. 1

LES PETITS-FILS DE LOVELACE . . . 1

LA ROBE DE NESSUS. 1

ALARCON

THÉATRE, traduit par *Alph. Royer*. . 1

***

LES ZOUAVES ET LES CHASSEURS A PIED. 1

***

VARIA.—Morale.—Politique.—Littérature. 5

***

UN MARI EN VACANCES. 1

ALFRED ASSOLLANT

D'HEURE EN HEURE . , ... 1

GABRIELLE DE CHÉNEVERT. 1

ALBERT AUBERT

LES ILLUSIONS DE JEUNESSE DE M. BOUDIN. 1

XAVIER AUBRYET

LA FEMME DE VINGT-CINQ ANS. . . . 1

LES JUGEMENTS NOUVEAUX 1

L'AUTEUR DE JOHN HALIFAX

UNE EXCEPTION (a noble life). 1

LA MÉPRISE DE CHRISTINE. 1

L'AUTEUR DE Mᵐᵉ LA DUCHESSE D'ORLÉANS

VIE DE JEANNE D'ARC. 2ᵉ *édition* . 1

L'AUTEUR DES ÉTUDES SUR LA MARINE

GUERRE D'AMÉRIQUE. Campagne du Potomac. 1

L'AUTEUR DU VASTE MONDE

ÉLÉONORE POWLE. 2

J. AUTRAN

ÉPÎTRES RUSTIQUES 1

LABOUREURS ET SOLDATS. 2ᵉ *édition*. 1

LES POÈMES DE LA MER. *Nouv. édition*. 1

AUGUSTE AVRIL

SALTIMBANQUES ET MARIONNETTES . . . 1

LE Cᵗᵉ CÉSAR BALBO *Trad. J. Amigues*

HISTOIRE D'ITALIE. 2ᵉ *édition*. . . . 2

THÉODORE DE BANVILLE

LES PARISIENNES DE PARIS. *Nouv. édit.* 1

CH. BARBARA

HISTOIRES ÉMOUVANTES 1

J. BARBEY D'AUREVILLY

LE CHEVALIER DES TOUCHES 1

LES PROPHÈTES DU PASSÉ 1

ALEX. BARBIER   vol.

LETTRES FAMILIÈRES SUR LA LITTÉRATURE. 1

J. BARTHÉLEMY SAINT-HILAIRE

LETTRES SUR L'ÉGYPTE. 2ᵉ *édition*. 1

CH. BATAILLE — E. RASETTI

ANTOINE QUÉRARD. Drames de Village. 2

CHARLES BAUDELAIRE

NOUVELLES ET VARIÉTÉS LITTÉRAIRES. . 1

ŒUVRES COMPLÈTES (*édition définitive*)

POÉSIES COMPLÈTES, LES FLEURS DU MAL, etc., etc. 1

PETITS POÈMES EN PROSE, LES PARADIS ARTIFICIELS. 1

SALONS ET ÉTUDES D'ART. 1

L. BAUDENS

LA GUERRE DE CRIMÉE. Les Campements, les Abris, les Ambulances, les Hôpitaux, etc. 2ᵉ *édition* . . 1

GUSTAVE DE BEAUMONT

L'IRLANDE SOCIALE, POLIT. ET RELIGIEUSE 7ᵉ *édition, revue et corrigée* . . . 2

ROGER DE BEAUVOIR

COLOMBES ET COULEUVRES 1

DUELS ET DUELLISTES 1

LES MEILLEURS FRUITS DE MON PANIER. 1

LA PRINCESSE DE BELGIOJOSO

ASIE-MINEURE ET SYRIE. — Souvenirs de voyage. *Nouvelle édition* 1

SCÈNES DE LA VIE TURQUE. 1

NOUV. SCÈNES DE LA VIE TURQUE. (*S.p.*) 1

GEORGES BELL

LES REVANCHES DE L'AMOUR. 1

VOYAGE EN CHINE 1

LE Mⁱˢ DE BELLOY *traducteur*

THÉATRE COMPLET DE TÉRENCE (*Trad.*) 1

ADOLPHE BELOT

LE DRAME DE LA RUE DE LA PAIX. . . 1

TH. DE BENTZON

LE ROMAN D'UN MUET. 1 vol. . . . 1

HECTOR BERLIOZ

A TRAVERS CHANTS. 1

LES GROTESQUES DE LA MUSIQUE. . . 1

LES SOIRÉES DE L'ORCHESTRE. 2ᵉ *édit*. 1

CH. DE BERNARD

L'ÉCUEIL. 1

LE NŒUD GORDIEN. 1

NOUVELLES ET MÉLANGES. 1

LA PEAU DU LION ET LA CHASSE AUX AMANTS 1

POÉSIES ET THÉATRE. 1

EUGÈNE BERTHOUD

UN BAISER MORTEL. 2ᵉ *édition*. . . 1

SECRETS DE FEMME. 2ᵉ *édition* . . 1

CAROLINE BERTON

LE BONHEUR IMPOSSIBLE 1

CAMILLE BIAS

DIRE ET FAIRE 1

ALBÉRIC SECOND

vol.

A QUOI TIENT L'AMOUR ? 1

WILLIAM N. SENIOR

LA TURQUIE CONTEMPORAINE. 1

J.-C.-L. DE SISMONDI

LETTRES INÉDITES, suivies de lettres de Bonstetten, de Mmes de Staël et de Souza, Intr. de *St-René Taillandier*. 1

DE STENDHAL (H. BEYLE) (ŒUVR. COMPLÈTES)

LA CHARTREUSE DE PARME. *Nouv. édit.* 1
CHRONIQUES ITALIENNES 1
CORRESPONDANCE INÉDITE Introduction de *P. Mérimée* et Portrait 2
HISTOIRE DE LA PEINTURE EN ITALIE. 1
MÉLANGES D'ART ET DE LITTÉRATURE. . 1
MÉMOIRES D'UN TOURISTE. *Nouv. édit.* 2
NOUVELLES INÉDITES 1
PROMENADES DANS ROME. *Nouv. édit.* 2
RACINE ET SHAKSPEARE. *Nouv. édition* 1
ROMANS ET NOUVELLES. 1
ROME, NAPLES ET FLORENCE. *Nouv. édit.* 1
LE ROUGE ET LE NOIR. *Nouv. édition.* 1
VIE DE ROSSINI. *Nouv. édition.* . . 1
VIES DE HAYDN, DE MOZART ET DE MÉ-
TASTASE. *Nouv. édit. entièr. revue.* 1

DANIEL STERN

ESSAI SUR LA LIBERTÉ. *Nouv. édition* 1
FLORENCE ET TURIN. Art et politique. . 1
NÉLIDA. 1

MATHILDE STEV...

LE OUI ET LE NON DES FEMMES. . . . 1

SAINT-RENÉ TAILLANDIER

ALLEMAGNE ET RUSSIE. 1
LA COMTESSE D'ALBANY. 1
HISTOIRE ET PHILOSOPHIE RELIGIEUSE. 1
LITTÉRATURE ÉTRANGÈRE — ÉCRIVAINS
ET POÈTES MODERNES 1

TÉRENCE

THÉÂTRE COMPLET. *Trad. A. de Belloy.* 1

EDMOND TEXIER

CONTES ET VOYAGES 1
CRITIQUES ET RÉCITS LITTÉRAIRES . . 1
LA GRÈCE ET SES INSURRECTIONS. *Nouv.*
édition, avec cartes 1

***

MÉMOIRES DE BILBOQUET 3

EDMOND THIAUDIÈRE

UN PRÊTRE EN FAMILLE. 1

A. THIERS

HISTOIRE DE LAW 1

AUGUSTIN THIERRY

(ŒUVRES COMPLÈTES — NOUVELLE ÉDITION)

ESSAI SUR L'HISTOIRE DE LA FORMATION
DU TIERS ÉTAT 1
HISTOIRE DE LA CONQUÊTE DE L'ANGLE-
TERRE PAR LES NORMANDS 2
LETTRES SUR L'HISTOIRE DE FRANCE.
Dix ans d'études historiques. . . . 1
RÉCITS DES TEMPS MÉROVINGIENS. . . 1

CH. THIERRY-MIEG

SIX SEMAINES EN AFRIQUE. Souv. de
voyage, avec carte et 9 dessins. . 1

ÉMILE THOMAS

HISTOIRE DES ATELIERS NATIONAUX. . 1

TIRSO DE MOLINA

THÉÂTRE. Traduit par *Alph. Royer.* . 1

MARIO UCHARD

vol.

LA COMTESSE DIANE. 2e *édition.* . . 1
UNE DERNIÈRE PASSION. 1
LE MARIAGE DE GERTRUDE. 4e *édition.* 1
RAYMON. 4e *édition.* 1

LOUIS ULBACH

L'HOMME AUX CINQ LOUIS D'OR. . . . 1
LES SECRETS DU DIABLE. 1

AUGUSTE VAQUERIE

PROFILS ET GRIMACES. 1

E. DE VALBEZEN (LE MAJOR FRIDOLIN)

LA MALLE DE L'INDE. 2e *édition.* . . 1
RÉCITS D'HIER ET D'AUJOURD'HUI. . . 1

OSCAR DE VALLÉE

LES MANIEURS D'ARGENT. 4e *édition.* . 1

MAX VALREY

CES PAUVRES FEMMES ! 1
LES VICTIMES DU MARIAGE. 2e *édition.* . 1

THÉODORE VERNES

NAPLES ET LES NAPOLITAINS. 2e *édition* 1

LE DOCTEUR L. VÉRON

CINQ CENT MILLE FRANCS DE RENTE. . . 1

ALFRED DE VIGNY

(ŒUVRES COMPLÈTES)

CINQ-MARS, avec 2 autographes. 16e éd. 1
JOURNAL D'UN POÈTE. 1
POÉSIES COMPLÈTES. 8e *édition.* . . 1
SERVITUDE ET GRANDEUR MILITAIRES.
9e *édition.* 1
STELLO. 9e *édition.* 1
THÉÂTRE COMPLET. 8e *édition* . . . 1

F. DE VILLARS

NOTICE SUR LUIGI ET FREDÉRICO RICCI. 1

SAMUEL VINCENT

DU PROTESTANTISME EN FRANCE. *N. éd.*
Introd. de *Prévost-Paradol.* . . . 1
MÉDITATIONS RELIGIEUSES. Not. de *Fon-*
tanès. Int. d'*A. Coquerel fils.* . 1

LÉON VINGTAIN

DE LA LIBERTÉ DE LA PRESSE 1
VIE PUBLIQUE DE ROYER-COLLARD
avec une préface de M. *A. de Broglie.* 1

L. VITET *de l'Académie française*

ESSAIS HISTORIQUES ET LITTÉRAIRES . 1
ÉTUDES SUR L'HISTOIRE DE L'ART. 2e édit. 4
HISTOIRE DE DIEPPE. *Nouvelle édit.* 1
LA LIGUE. — SCÈNES HISTORIQUES. Précéd.
des ÉTATS D'ORLÉANS. *Nouv. édition* 2

RICHARD WAGNER

QUATRE POÈMES D'OPÉRAS ALLEMANDS. 1

J.-J. WEISS

ESSAIS SUR L'HISTOIRE DE LA LITTÉ-
RATURE FRANÇAISE 1

FRANCIS WEY

CHRISTIAN 1

Mme DE WITT, *née Guizot*

HISTOIRE DU PEUPLE JUIF, depuis son
retour de la captivité à Babylone
jusqu'à la ruine de Jérusalem. . . 1

CORNÉLIS DE WITT

LA SOCIÉTÉ FRANÇAISE ET LA SOCIÉTÉ
ANGLAISE AU XVIIIe SIÈCLE 1

E. YEMENIZ, *consul de Grèce*

LA GRÈCE MODERNE 1

BIBLIOTHÈQUE NOUVELLE
Format grand in-18 à 2 francs le volume

EDMOND ABOUT — vol.
LE CAS DE M. GUÉRIN. 5e *édition* . . . 1
LE NEZ D'UN NOTAIRE. 7e *édition* . . 1

AMÉDÉE ACHARD
BELLE-ROSE 1
NELLY 1
LA TRAITE DES BLONDES 1

PIOTRE ARTAMOV
HISTOIRE D'UN BOUTON. 4e *édition* . . 1
LES INSTRUMENTS DE MUSIQUE DU DIABLE, 1
LA MÉNAGERIE LITTÉRAIRE 1

BABAUD-LARIBIÈRE
HISTOIRE DE L'ASSEMBLÉE NATIONALE
CONSTITUANTE 2

H. DE BARTHÉLEMY
LA NOBLESSE EN FRANCE avant et depuis 1789 1

Mme DE BAWR
NOUVELLES 1
RAOUL, ou l'Enéide 1
ROBERTINE 1
LES SOIRÉES DES JEUNES PERSONNES . 1

ROGER DE BEAUVOIR
LES MYSTÈRES DE L'ÎLE SAINT-LOUIS . 1
LES ŒUFS DE PAQUES 1

FRÉDÉRIC BÉCHARD
L'ÉCHAPPÉ DE PARIS. Nouv. série des
Existences déclassées. 2e *édition* . . 1
LES EXISTENCES DÉCLASSÉES. 5e *édition* 1

GEORGES BELL
LUCY LA BLONDE 1

PIERRE BERNARD
L'A B C DE L'ESPRIT ET DU CŒUR . . 1

CHARLES BERTHOUD
FRANÇOIS D'ASSISE 1

ALBERT BLANQUET
LE ROI D'ITALIE. Roman historique . . 1

RAOUL BRAVARD
GES SAVOYARDS ! 1

E. BRISEBARRE ET E. NUS
LES DRAMES DE LA VIE 2

CLÉMENT CARAGUEL
SOUVENIRS ET AVENTURES D'UN VOLON-
TAIRE GARIBALDIEN 1

COMTESSE DE CHABRILLAN
EST-IL FOU ? 1

EUGÈNE CHAPUS
MANUEL DE L'HOMME ET DE LA FEMME
COMME IL FAUT. 5e *édition* 1

ÉMILE CHEVALIER
LES PIEDS NOIRS 1

CLOGENSON
BEPPO, *de Byron*, trad. vers 1

A. CONSTANT
LE SORCIER DE MEUDON 1

LA COMTESSE DASH
LE LIVRE DES FEMMES. *Nouv. édition* . 1

DÉCEMBRE-ALONNIER
LA BOHÊME LITTÉRAIRE 1

ÉDOUARD DELESSERT
LE CHEMIN DE ROME 1
SIX SEMAINES DANS L'ÎLE DE SAR-
DAIGNE 1

CAMILLE DERAINS — vol.
LA FAMILLE D'ANTOINE MOREL 1

CH. DICKENS, *Trad. Amédée Pichot*
LES CONTES D'UN INCONNU 1
HISTORIETTES ET RÉCITS DU FOYER . . 1

MAXIME DU CAMP
LES CHANTS MODERNES 1
LE CHEVALIER DU CŒUR-SAIGNANT . . 1
L'HOMME AU BRACELET D'OR. 2e *édition*. 1
LE NIL (Egypte et Nubie). 3e *édition*. 1
LE SALON DE 1859 1
LE SALON DE 1861 1

JOACHIM DUFLOT
LES SECRETS DES COULISSES DES THÉÂ-
TRES DE PARIS. Mœurs, Usages,
Anecdotes, avec une préface de
J. Noriac 1

ALEXANDRE DUMAS
L'ART ET LES ARTISTES CONTEMPORAINS
au salon de 1859 1
DE PARIS A ASTRAKAN 3
LA SAN-FELICE 9
SOUVENIRS D'UNE FAVORITE 4

ÉMILIE
CHANTS D'UNE ÉTRANGÈRE 1

XAVIER EYMA
LE ROMAN DE FLAVIO 1

ANTOINE GANDON
LES 32 DUELS DE JEAN GIGON. 10e *édit.* 1
LE GRAND GODARD. 4e *édition* . . . 1
L'ONCLE PHILIBERT. Histoire d'un peu-
reux. 3e *édition* 1

JULES GÉRARD *le Tueur de lions*
MES DERNIÈRES CHASSES 1

ÉMILE DE GIRARDIN
BON SENS, BONNE FOI 1
LE DROIT AU TRAVAIL au Luxembourg
et à l'Assemblée nationale 2
ÉTUDES POLITIQUES. *Nouvelle édition* 1
LE POUR ET LE CONTRE 1
QUESTIONS ADMINIST. ET FINANCIÈRES. 1

ÉDOUARD GOURDON
CHACUN LA SIENNE 1
LES FAUCHEURS DE NUIT. 5e *édition* . 1
LOUISE. 12e *édition* 1

LÉON GOZLAN
L'AMOUR DES LÈVRES ET L'AMOUR DU
CŒUR 1
LES AVENTURES DU PRINCE DE GALLES. 1

Mme MANOEL DE GRANDFORT
MADAME N'EST PAS CHEZ ELLE . . . 1
OCTAVE — COMMENT ON S'AIME QUAND
ON NE S'AIME PLUS 1

ED. GRIMARD
L'ÉTERNEL FÉMININ 1

JULES GUÉROULT
FABLES 1

CHARLES D'HÉRICAULT vol.
LA FILLE AUX BLUETS. 2e *édition* . . 1
LES PATRICIENS DE PARIS 1

ARSÈNE HOUSSAYE
LES FILLES D'ÈVE 1
LE REPENTIR DE MARION 1

A. JAIME FILS
L'HÉRITAGE DU MAL 1
LES TALONS NOIRS. 2e *édition* . . . 1

LOUIS JOURDAN
LES PEINTRES FRANÇAIS. SALON DE 1859 1

AURÈLE KERVIGAN
HISTOIRE DE RIRE 1

MARY LAFON
LA BANDE MYSTÉRIEUSE 1
LA PESTE DE MARSEILLE 1

MARQUISE DE LAGRANGE
LA RÉSINIÈRE D'ARCACHON 1

G. DE LA LANDELLE
LA GORGONE 2

STEPHEN DE LA MADELAINE
UN CAS PENDABLE 1

F. LAMENNAIS
DE LA SOCIÉTÉ PREMIÈRE et de ses lois. 1

LARDIN ET MIE D'AGHONNE
JEANNE DE FLERS 1

A. LEXANDRE
LE PÈLERINAGE DE MIREILLE 1

LOGEROTTE
DE PALERME A TURIN 1

FANNY LOVIOT
LES PIRATES CHINOIS. 3e *édition* . . 1

LOUIS LURINE
VOYAGE DANS LE PASSÉ 1

VICTOR LURO
MARGUERITE D'ANGOULÊME 1

AUGUSTE MAQUET
LE BEAU D'ANGENNES 4
LA BELLE GABRIELLE 3
LE COMTE DE LAVERNIE 3
DETTES DE CŒUR. 4e *édition* . . . 1
L'ENVERS ET L'ENDROIT 2
LA MAISON DU BAIGNEUR 2
LA ROSE BLANCHE 1

MÉRY
MARSEILLE ET LES MARSEILLAIS. 2e *édit.* 1

ALFRED MICHIELS
CONTES D'UNE NUIT D'HIVER 1

EUGÈNE DE MIRECOURT
LES CONFESSIONS DE MARION DELORME. 3
— DE NINON DE LEN-
CLOS 3

L'ABBÉ TH. MITRAUD
LE LIVRE DE LA VERTU 1

L. MOLAND vol.
LE ROMAN D'UNE FILLE LAIDE . . . 1

MARC MONNIER
LA CAMORRA. MYSTÈRES DE NAPLES . 1
HISTOIRE DU BRIGANDAGE DANS L'ITALIE
MÉRIDIONALE. 2e *édition* 1

MORTIMER-TERNAUX
LA CHUTE DE LA ROYAUTÉ 1
LE PEUPLE AUX TUILERIES 1

CHARLES NARREY
LE QUATRIÈME LARRON. 2e *édition* . 1

HENRI NICOLLE
COURSES DANS LES PYRÉNÉES 1

JULES NORIAC
LA BÊTISE HUMAINE. 16e *édition* . . 1
LE 101e RÉGIMENT. *Nouv. édition* . . 1
LA DAME A LA PLUME NOIRE. 2e *édition*. 1
LE GRAIN DE SABLE. 9e *édition* . . 1
MÉMOIRES D'UN BAISER. 3e *édition* . 1
SUR LE RAIL. 2e *édition* 1

LE COMTE A. DE PONTÉCOULANT
HISTOIRES ET ANECDOTES 1

A. DE PONTMARTIN
LES BRULEURS DE TEMPLES 1

CHARLES RABOU
LE CAPITAINE LAMBERT 1
LOUISON D'ARQUIEN 1
LES TRIBULATIONS DE MAITRE FABRICIUS. 1

GIOVANI RUFINI
MÉMOIRES D'UN CONSPIRATEUR ITALIEN. 1

VICTORIEN SARDOU
LA PERLE NOIRE 1

AURÉLIEN SCHOLL
LES AMOURS DE THÉÂTRE. 2e *édition*. 1
SCÈNES ET MENSONGES PARISIENS. 2e *éd.* 1

E.-A. SEILLIÈRE
AU PIED DU DONON 1

Mme SURVILLE née DE BALZAC
LE COMPAGNON DU FOYER 1

THACKERAY *Trad. Am. Pichot*
MORGIANA 1

EM. DE VARS
LA JOUEUSE. Mœurs de province . . . 1

Mme VERDIER-ALLUT
LES GÉORGIQUES DU MIDI 1

A. VERMOREL
LES AMOURS FUNESTES 1
LES AMOURS VULGAIRES 1

Dr L. VÉRON
PARIS EN 1860. LES THÉÂTRES DE
PARIS DE 1806 A 1860, *avec gravures.* 1

ŒUVRES COMPLÈTES

DE

H. DE BALZAC

NOUVELLE ÉDITION, COMPLÈTE EN 45 VOLUMES

à 1 fr. 25 cent. le volume

(*Chaque volume se vend séparément*)

Les œuvres que BALZAC a désignées sous le titre de :

La Comédie humaine, forment dans cette édition. . . . 40 volumes.

Les Contes drôlatiques. . . . . 3 —

Le Théâtre, seule édition complète . . . . 2 —

CLASSIFICATION D'APRÈS LES INDICATIONS DE L'AUTEUR :

COMÉDIE HUMAINE

SCÈNES DE LA VIE PRIVÉE

Tome 1. — LA MAISON DU CHAT QUI PELOTTE. Le Bal de Sceaux. La Bourse. La Vendetta. Madame Firmiani. Une double Famille.

Tome 2. — LA PAIX DU MÉNAGE. La fausse Maîtresse. Etude de femme. Autre Etude de Femme. La grande Bretèche. Albert Savarus.

Tome 3. — MÉMOIRES DE DEUX JEUNES MARIÉES. Une Fille d'Ève.

Tome 4. — LA FEMME DE TRENTE ANS. La femme abandonnée. La Grenadière. Le Message. Gobseck.

Tome 5. — LE CONTRAT DE MARIAGE. Un Début dans la vie.

Tome 6. — MODESTE MIGNON.

Tome 7. — BÉATRIX.

Tome 8. — HONORINE. Le colonel Chabert. La Messe de l'Athée. L'Interdiction. Pierre Grassou.

SCÈNES DE LA VIE DE PROVINCE

Tome 9. — URSULE MIROUET.

Tome 10. — EUGÉNIE GRANDET.

Tome 11. — LES CÉLIBATAIRES — I. Pierrette. Le Curé de Tours.

Tome 12. — LES CÉLIBATAIRES — II. Un Ménage de Garçon.

Tome 13. — LES PARISIENS EN PROVINCE. L'illustre Gaudissart. La Muse du département.

Tome 14. — LES RIVALITÉS. La Vieille Fille. Le Cabinet des Antiques.

Tome 15. — LE LYS DANS LA VALLÉE.

Tome 16. — ILLUSIONS PERDUES — I. Les deux Poëtes. Un grand homme de province à Paris, 1re partie.

Tome 17. — ILLUSIONS PERDUES — II. Un Grand homme de province, 2e partie. Ève et David.

SCÈNES DE LA VIE PARISIENNE

Tome 18. — SPLENDEURS ET MISÈRES DES COURTISANES. Esther heureuse. A combien l'amour revient aux Vieillards. Où mènent les mauvais chemins.

Tome 19. — LA DERNIÈRE INCARNATION DE VAUTRIN. Un Prince de la Bohème. Un Homme d'affaires. Gaudissart II. Les Comédiens sans le savoir.

Tome 20. — HISTOIRE DES TREIZE. Ferragus. La duchesse de Langeais. La Fille aux yeux d'or.

Tome 21. — LE PÈRE GORIOT.

Tome 22. — CÉSAR BIROTTEAU.

Tome 23. — LA MAISON NUCINGEN. Les Secrets de la princesse de Cadignan. Les Employés. Sarrasine. Facino Cane.

Tome 24. — LES PARENTS PAUVRES — La Cousine Bette.

Tome 25. — LES PARENTS PAUVRES — Le Cousin Pons.

SCÈNES DE LA VIE POLITIQUE

Tome 26. — UNE TÉNÉBREUSE AFFAIRE. Un Episode sous la Terreur.

Tome 27. — L'ENVERS DE L'HISTOIRE CONTEMPORAINE. Madame de la Chanterie. L'Initié. Z. Marcas.

Tome 28. — LE DÉPUTÉ D'ARCIS.

SCÈNES DE LA VIE MILITAIRE

Tome 29. — LES CHOUANS. Une Passion dans le Désert.

SCÈNES DE LA VIE DE CAMPAGNE

Tome 30. — LE MÉDECIN DE CAMPAGNE.

Tome 31. — LE CURÉ DE VILLAGE.

Tome 32. — LES PAYSANS.

ÉTUDES PHILOSOPHIQUES

Tome 33. — LA PEAU DE CHAGRIN.

Tome 34. — LA RECHERCHE DE L'ABSOLU. Jésus-Christ en Flandre. Melmoth réconcilié. Le Chef-d'œuvre inconnu.

Tome 35. — L'ENFANT MAUDIT. Gambara. Massimilla Doni.

Tome 36. — LES MARANA. Adieu. Le Réquisitionnaire. El Verdugo. Un Drame au bord de la mer. L'Auberge rouge. L'Elixir de longue vie. Maître Cornélius.

Tome 37. — SUR CATHERINE DE MÉDICIS. Le Martyr calviniste. La Confidence des Ruggieri. Les deux Rêves.

Tome 38. — LOUIS LAMBERT. Les Proscrits. Seraphita.

ÉTUDES ANALYTIQUES

Tome 39. — PHYSIOLOGIE DU MARIAGE.

Tome 40. — PETITES MISÈRES DE LA VIE CONJUGALE.

CONTES DROLATIQUES

Tome 41. — 1er *dixain*.

Tome 42. — 2e *dixain*.

Tome 43. — 3e *dixain*.

ŒUVRES COMPLÈTES DE H. DE BALZAC (*Suite*)

THÉÂTRE

Tome 44. — VAUTRIN, drame en 5 actes. Les Ressources de Quinola, comédie en 5 actes. Paméla Giraud, comédie en 5 actes.

Tome 45. — LA MARATRE, drame intime en 5 actes. Le Faiseur (Mercadet), comédie en 5 actes (entièrement conforme au manuscrit de l'auteur.)

ŒUVRES DE JEUNESSE

DE H. DE BALZAC

NOUVELLE ÉDITION COMPLÈTE EN 10 VOLUMES

A 1 fr. 25 cent. le volume (*chaque volume se vend séparément*)

	vol.		vol.
ARGOW LE PIRATE	1	L'HÉRITIÈRE DE PIRAGUE	1
LE CENTENAIRE	1	L'ISRAÉLITE	1
LA DERNIÈRE FÉE	1	JANE LA PALE	1
DOM GIGADAS	1	JEAN-LOUIS	1
L'EXCOMMUNIÉ	1	LE VICAIRE DES ARDENNES	1

OUVRAGES DIVERS

GEORGES BELL   f. c.
LE MIROIR DE CAGLIOSTRO. 1 vol. . 1 »

CHARLES BLANC
LES PEINTRES DES FÊTES GALANTES. 1 vol. in-32 . . . . 1 »

J. BRUNTON
LES 40 PRÉCEPTES DU JEU DE WHIST. 1 vol in-18. . . . . 1 50

ALFRED BUSQUET
LA NUIT DE NOEL. 1 vol. in-32. . 1 »

LE COMTE DE CHEVIGNÉ
LES CONTES REMOIS illustrés par E. Meissonier. 6e *edition.* 1 vol. . 5 »

CHARLES EMMANUEL
LES DÉVIATIONS DU PENDULE ET LE MOUVEMENT DE LA TERRE. 1 vol. 1 »

ALEXANDRE GUÉRIN
LES RELIGIEUSES. 1 vol. gr. in-18. . 1 »

LOUIS JOURDAN
LES PRIÈRES DE LUDOVIC. 1 v. in-32. 1 »

SAVINIEN LAPOINTE
MES CHANSONS. — 1 vol. in-32 . . 1 »

LASSABATHIE, *Admin. du Conserv.*
HISTOIRE DU CONSERVATOIRE IMPÉRIAL DE MUSIQUE ET DE DÉCLAMATION suivie de documents recueillis et mis en ordre. 1 vol. grand in-18. . 5 »

AUGUSTE LUCHET
LA CÔTE-D'OR A VOL D'OISEAU. 1 vol. grand in-18. . . . . 2 »
LA SCIENCE DU VIN. 1 vol. gr. in-18. 2 50

STEPHEN DE LA MADELAINE f. c.
CHANT. Études pratiques de style, 1/2 vol. in-8 . . . . 2 »

P. MORIN
COMMENT L'ESPRIT VIENT AUX TABLES. 1 vol. in-18 . . . . 1 50

A. PEYRAT
UN NOUVEAU DOGME. Histoire de l'Immaculée Conception. 1 vol. in-18. 3 »

GUSTAVE PLANCHE
ÉTUDES LITTÉRAIRES. 1 v. gr. in-18. 5 »

LE DOCTEUR RAULAND
LE LIVRE DES ÉPOUX. Guide pour la guérison de l'impuissance, de la stérilité et de toutes les maladies des organes génitaux. 1 f. v. g. in-18 4 »

MARY-ÉLIZA ROGERS
LA VIE DOMESTIQUE EN PALESTINE. 1 vol. gr. in-18. . . . . . . 3 50

***
MÉMOIRES D'UN PROTESTANT condamné aux galères de France pour cause de religion. 1 vol. 3 50

LE ROI LOUIS-PHILIPPE
MON JOURNAL. Evènements de 1815. 2 vol. grand in-18. . . . . . . 10 »

LE Dr FÉLIX ROUBAUD
LA DANSE DES TABLES. Phénomènes physiologiques démontrés, avec gravure explicative. 2e *édit.* 1 v. in-18. 1 »

WARNER
SCHAMYL, le prophète du Caucase. 1 vol. in-18. . . . . 2 »

ÉTUDES CONTEMPORAINES (Format in-18)

ODILON BARROT   f. c.
DE LA CENTRALISATION ET DE SES EFFETS. 1 vol. . . . . 1 »

LE PRINCE A. DE BROGLIE
UNE RÉFORME ADMINISTRATIVE EN AFRIQUE. 1 vol. 1 50

ÉDOUARD DELPRAT
L'ADMINISTRATION DE LA PRESSE. 1 v. 1 »

A. GERMAIN
MARTYROLOGE DE LA PRESSE. 1 vol. . 2 50

LE COMTE D'HAUSSONVILLE f. c.
LETTRE AU SÉNAT. 1 vol. . . . . 1 »

LÉONCE DE LAVERGNE
LA CONSTITUTION DE 1852 ET LE DÉCRET DU 24 NOVEMBRE. 1 vol. . 1 »

ED. DE SONNIER
LES DROITS POLITIQUES DANS LES ÉLECTIONS. — Manuel de l'Electeur et du Candidat. 1 vol. . . . 1 »

***
LA LIBERTÉ RELIGIEUSE ET LA LÉGISLATION ACTUELLE. 1 vol. . . 1 »

COLLECTION MICHEL LÉVY
ET BIBLIOTHÈQUE DE LA LIBRAIRIE NOUVELLE
1 franc le volume grand in-18 de 300 à 400 pages

	vol.
LOUIS BOUILHET	
MÉLÆNIS, conte romain	1
RAOUL BRAVARD	
L'HONNEUR DES FEMMES	1
UNE PETITE VILLE	1
LA REVANCHE DE GEORGES DANDIN	1
A. DE BRÉHAT	
LA CABANE DU SABOTIER	1
LES CHASSEURS D'HOMMES	1
LE CHATEAU DE VILLEBON	1
SCÈNES DE LA VIE CONTEMPORAINE	1
MAX BUCHON	
EN PROVINCE	1
E.-L. BULWER *Trad. Amédée Pichot*	
LA FAMILLE CAXTON	2
LE JOUR ET LA NUIT	2
ÉMILIE CABLEN	
Traduction Marie Souvestre	
DEUX JEUNES FEMMES	1
ÉMILE CARREY	
L'AMAZONE. HUIT JOURS SOUS L'ÉQUATEUR	1
— LES RÉVOLTÉS DU PARA	1
HIPPOLYTE CASTILLE	
HISTOIRES DE MÉNAGE	1
CHAMPFLEURY	
LES AMOUREUX DE SAINTE-PÉRINE	1
AVENTURES DE MADEMOISELLE MARIETTE	1
LES BOURGEOIS DE MOLINCHART	1
CHIEN-CAILLOU	1
LES EXCENTRIQUES	1
M. DE BOISDHYVER	1
LES PREMIERS BEAUX JOURS	1
LE RÉALISME	1
LES SENSATIONS DE JOSQUIN	1
SOUVENIRS DES FUNAMBULES	1
LA SUCCESSION LE CAMUS	1
L'USURIER BLAIZOT	1
F. DE CHATEAUBRIAND	
ATALA—RENÉ—LE DERNIER ABENCÉRAGE, avec avant-propos de *M. Ste-Beuve*	1
LE GÉNIE DU CHRISTIANISME, avec un avant-propos de *M. Guizot*	2
ITINÉRAIRE DE PARIS A JÉRUSALEM, avec une Étude de *M. de Pontmartin*	2
LES MARTYRS, avec un discours de *J.-J. Ampère*	2
LES NATCHEZ, avec un essai du *Prince Albert de Broglie*	2
LE PARADIS PERDU de *Milton*, traduct: précédée d'une étude de *M. John Lemoinne*	1
ÉMILE CHEVALIER	
LES DERNIERS IROQUOIS	1
LA HURONNE	1
LES NEZ-PERCÉS	1
LES PIEDS-NOIRS	1
POIGNET-D'ACIER	1
LA TÊTE-PLATE	1
GUSTAVE CLAUDIN	
POINT ET VIRGULE	1
Mme LOUISE COLET	
QUARANTE-CINQ LETTRES DE BÉRANGER	1
HENRI CONSCIENCE	
L'ANNÉE DES MERVEILLES	1
AURÉLIEN	2
BATAVIA	1
LES BOURGEOIS DE DARLINGEN	1

	vol.
HENRI CONSCIENCE (*Suite*)	
LE CONSCRIT	1
LE COUREUR DES GRÈVES	1
LE DÉMON DE L'ARGENT	1
LE DÉMON DU JEU	1
LES DRAMES FLAMANDS	1
LE FLÉAU DU VILLAGE	1
LE GENTILHOMME PAUVRE	1
LA GUERRE DES PAYSANS	1
HEURES DU SOIR	1
LE JEUNE DOCTEUR	1
LE LION DE FLANDRE	2
LE MAL DU SIÈCLE	1
LE MARCHAND D'ANVERS	1
LA MÈRE JOB	1
L'ONCLE REIMOND	1
L'ORPHELINE	1
SCÈNES DE LA VIE FLAMANDE	2
SOUVENIRS DE JEUNESSE	1
LA TOMBE DE FER	2
LE TRIBUN DE GAND	1
LES VEILLÉES FLAMANDES	1
H. CORNE	
SOUVENIRS D'UN PROSCRIT POLONAIS	1
P. CORNEILLE	
ŒUVRES, précéd. d'une notice sur sa vie et ses ouvrages par *M. Sainte-Beuve*	2
LA COMTESSE DASH	
UN AMOUR COUPABLE	1
LES AMOURS DE LA BELLE AURORE	2
LES BALS MASQUÉS	1
LA BELLE PARISIENNE	1
LA CHAINE D'OR	1
LA CHAMBRE BLEUE	1
LE CHATEAU DE LA ROCHE-SANGLANTE	1
LES CHATEAUX EN AFRIQUE	1
LA DAME DU CHATEAU MURÉ	2
LA DERNIÈRE EXPIATION	3
LA DUCHESSE DE LAUZUN	1
LA DUCHESSE D'ÉPONNES	1
LA FEMME DE L'AVEUGLE	1
LES FOLIES DU CŒUR	1
LE FRUIT DÉFENDU	1
LES GALANTERIES DE LA COUR DE LOUIS XV	4
— LA RÉGENCE	1
— LA JEUNESSE DE LOUIS XV	1
— LES MAITRESSES DU ROI	1
— LE PARC AUX CERFS	1
LE JEU DE LA REINE	1
LA JOLIE BOHÉMIENNE	1
LES LIONS DE PARIS	1
MADAME LOUISE DE FRANCE	1
MADAME DE LA SABLIÈRE	1
MADEMOISELLE DE LA TOUR DU PIN	1
LA MAIN GAUCHE ET LA MAIN DROITE	1
LA MARQUISE DE PARABÈRE	1
LA MARQUISE SANGLANTE	1
LE NEUF DE PIQUE	1
LA POUDRE ET LA NEIGE	1
LA PRINCESSE DE CONTI	1
UN PROCÈS CRIMINEL	1
UNE RIVALE DE LA POMPADOUR	1
LE SALON DU DIABLE	1
LES SECRETS D'UNE SORCIÈRE	2
LA SORCIÈRE DU ROI	2
LES SUITES D'UNE FAUTE	1
TROIS AMOURS	1

ALEXANDRE DUMAS (Suite) vol.

LE SALTEADOR	1
SALVATOR	5
SOUVENIRS D'ANTONY	1
LES STUARTS	1
SULTANETTA	1
SYLVANDIRE	1
LE TESTAMENT DE M. CHAUVELIN	1
TROIS MAITRES	1
LES TROIS MOUSQUETAIRES	2
LE TROU DE L'ENFER	1
LA TULIPE NOIRE	1
LE VICOMTE DE BRAGELONNE	6
LA VIE AU DÉSERT	2
UNE VIE D'ARTISTE	3
VINGT ANS APRÈS	3

ALEXANDRE DUMAS FILS

ANTONINE	1
AVENTURES DE QUATRE FEMMES	1
LA BOITE D'ARGENT	1
LA DAME AUX CAMÉLIAS	1
LA DAME AUX PERLES	1
DIANE DE LYS	1
LE DOCTEUR SERVANS	1
LE RÉGENT MUSTEL	1
LE ROMAN D'UNE FEMME	1
TROIS HOMMES FORTS	1
SOPHIE PRINTEMS	1
TRISTAN LE ROUX	1
LA VIE À VINGT ANS	1

MISS EDGEWORTH. Trad. Jousselin

DEMAIN !	1

GABRIEL D'ENTRAGUES

HISTOIRES D'AMOUR ET D'ARGENT	1

ERCKMANN-CHATRIAN

L'ILLUSTRE DOCTEUR MATRÉUS	1

XAVIER EYMA

AVENTURIERS ET CORSAIRES	1
LES FEMMES DU NOUVEAU-MONDE	1
LES PEAUX ROUGES	1
LE ROI DES TROPIQUES	1
LE TRÔNE D'ARGENT	1

PAUL FÉVAL

ALIZIA PAULI	1
LES AMOURS DE PARIS	3
BLANCHEFLEUR	1
LE BOSSU OU LE PETIT PARISIEN	3
LE CAPITAINE SIMON	1
LES COMPAGNONS DU SILENCE	3
LES DERNIÈRES FÉES	1
LES FANFARONS DU ROI	1
LE FILS DU DIABLE	4
LES NUITS DE PARIS	1
LA REINE DES ÉPÉES	1
LE TUEUR DE TIGRES	1

GUSTAVE FLAUBERT

MADAME BOVARY	2

PAUL FOUCHER

LA VIE DE PLAISIR	1

ARNOULD FRÉMY vol.

LES CONFESSIONS D'UN BOHÉMIEN	1
LES MAITRESSES PARISIENNES	1

GALOPPE D'ONQUAIRE

LE DIABLE BOITEUX A PARIS	1
LE DIABLE BOITEUX AU CHATEAU	1
LE DIABLE BOITEUX AU VILLAGE	1
LE DIABLE BOITEUX EN PROVINCE	1

THÉOPHILE GAUTIER

CONSTANTINOPLE	1
LES GROTESQUES	1

SOPHIE GAY

ANATOLE	1
LE COMTE DE GUICHE	1
LA COMTESSE D'EGMONT	1
LA DUCHESSE DE CHATEAUROUX	2
ELLÉNORE	1
LE FAUX FRÈRE	1
LAURE D'ESTELL	1
LÉONIE DE MONTBREUSE	1
LES MALHEURS D'UN AMANT HEUREUX	1
UN MARIAGE SOUS L'EMPIRE	1
LE MARI CONFIDENT	1
MARIE DE MANCINI	1
MARIE-LOUISE D'ORLÉANS	1
LE MOQUEUR AMOUREUX	1
PHYSIOLOGIE DU RIDICULE	1
SALONS CÉLÈBRES	1
SOUVENIRS D'UNE VIEILLE FEMME	1

JULES GÉRARD

LA CHASSE AU LION. Orné de 12 dessins de Gust. Doré	1

GÉRARD DE NERVAL

LA BOHÊME GALANTE	1
LES FILLES DU FEU	1
LE MARQUIS DE FAYOLLE	1
SOUVENIRS D'ALLEMAGNE	1

ÉMILE DE GIRARDIN

ÉMILE	1

Mme ÉMILE DE GIRARDIN

LA CANNE DE M. DE BALZAC	1
CONTES D'UNE VIEILLE FILLE A SES NEVEUX	1
LA CROIX DE BERNY (en société avec Th. Gautier, Méry et Jules Sandeau)	1
IL NE FAUT PAS JOUER AVEC LA DOULEUR	1
LE LORGNON	1
MARGUERITE	1
M. LE MARQUIS DE PONTANGES	1
NOUVELLES	1
POÉSIES COMPLÈTES	1
LE VICOMTE DE LAUNAY. Lettres parisiennes. Édition complète	1

W. GODWIN
Traduction A. Pichot

CALEB WILLIAMS	2

GŒTHE
Traduction N. Fournier

HERMANN ET DOROTHÉE	1
WERTHER, avec notice, d'H. Heine	1

COLLECTION A 50 CENTIMES

Jolis volumes format grand in-32, sur beau papier

COLLECTION FORMAT IN-32

1 FRANC LE VOLUME

Jolis volumes papier vélin

<table>
<tr><td colspan="2">

ÉMILE AUGIER   vol.

LES PARIÉTAIRES. Poésies. 1

* * *

LES ZOUAVES ET LES CHASSEURS A PIED. 1

BAISSAC

LES FEMMES DANS LES TEMPS MODERNES. 1

H. DE BALZAC

LES FEMMES 1

THÉODORE DE BANVILLE

LES PAUVRES SALTIMBANQUES. 1
LA VIE D'UNE COMÉDIENNE. 1

A. DE BELLOY

PHYSIONOMIES CONTEMPORAINES. . . . 1
PORTRAITS ET SOUVENIRS 1

ALFRED BOUGEARD

LES MORALISTES OUBLIÉS. 1

ALFRED DE BRÉHAT

LE CHATEAU DE KERMARIA 1
SÉRAPHINE DARISPE 1

ÉMILE DESCHANEL

LE BIEN et LE MAL qu'on a dit des
enfants. 1
HISTOIRE DE LA CONVERSATION. . . . 1
LE MAL QU'ON A DIT DE L'AMOUR. . . 1

XAVIER EYMA

EXCENTRICITÉS AMERICAINES 1

OL. GOLDSMITH *Trad. Alph. Esquiros*

VOYAGE D'UN CHINOIS EN ANGLETERRE. 1

LÉON GOZLAN

BALZAC EN PANTOUFLES 1
LES MAITRESSES A PARIS 1
UNE SOIRÉE DANS L'AUTRE MONDE . . 1

LE COMTE F. DE GRAMMONT

COMMENT ON VIENT et COMMENT ON
S'EN VA 1

CHARLES JOLIET

L'ESPRIT DE DIDEROT 1

LAURENT JAN

MISANTHROPIE SANS REPENTIR 1

E. DE LA BÉDOLLIÈRE

HISTOIRE DE LA MODE EN FRANCE . . 1

A. DE LAMARTINE

GRAZIELLA 1
LES VISIONS. 1

</td><td colspan="2">

LARCHER ET JULIEN   vol.

CE QU'ON a dit de la FIDÉLITÉ et de
L'INFIDÉLITÉ 1

ALBERT DE LASALLE

HISTOIRE DES BOUFFES-PARISIENS. . . 1

ALFRED DE LÉRIS

MES VIEUX AMIS. 1
TROIS NOUVELLES ET UN CONTE. . . 1

ALBERT LHERMITE

UN SCEPTIQUE S'IL VOUS PLAIT. . . 1

Mme MANNOURY-LACOUR

ASPHODÈLES. 1
SOLITUDES. 2e *édition* 1

MÉRY

ANGLAIS ET CHINOIS. 1
HISTOIRE D'UNE COLLINE. 1

MICHELET

POLOGNE ET RUSSIE 1

HENRY MONNIER

LES PETITES GENS. 1

CHARLES MONSELET

LA CUISINIÈRE POÉTIQUE. 1

HENRY MURGER

BALLADES ET FANTAISIES. 1
PROPOS DE VILLE ET PROPOS DE THÉATRE. 1

EUGÈNE NOEL

RABELAIS. 1
LA VIE DES FLEURS ET DES FRUITS . 1

F. PONSARD

HOMÈRE. Poëme 1

LOUIS RATISBONNE

AU PRINTEMPS DE LA VIE 1

JULES SANDEAU

LE CHATEAU DE MONTSABREY. 1
OLIVIER 1

* * *

PARIS CHEZ MUSARD. 1

P. J. STAHL

LES BIJOUX PARLANTS. 1
L'ESPRIT DE VOLTAIRE. 1
HIST. D'UN PRINCE ET D'UNE PRINCESSE. 1

LOUIS ULBACH

L'HOMME AUX CINQ LOUIS D'OR . . . 2

LE DOCTEUR YVAN

CANTON. UN COIN DU CÉLESTE-EMPIRE. 1

</td></tr>
</table>

MUSÉE LITTÉRAIRE CONTEMPORAIN

CHOIX DES MEILLEURS OUVRAGES DES AUTEURS MODERNES

10 Centimes la Livraison — Format in-4° à 2 colonnes

ROGER DE BEAUVOIR

	fr.	c.
LE CHEVALIER DE SAINT-GEORGES —	»	90
LE CHEVALIER DE CHARNY . . . —	»	90

CHARLES DE BERNARD

UN ACTE DE VERTU . . . . . —	»	50
L'ANNEAU D'ARGENT. . . . . —	»	50
UNE AVENTURE DE MAGISTRAT. . —	»	30
LA CINQUANTAINE. . . . . . —	»	50
LA FEMME DE QUARANTE ANS . —	»	50
LE GENDRE . . . . —	»	50
L'INNOCENCE D'UN FORÇAT . . —	»	30
LA PEINE DU TALION . . . . —	»	30
LE PERSÉCUTEUR. . . . . . —	»	30

CHAMPFLEURY

LES GRANDS HOMMES DU RUISSEAU . . . . —	»	60

LA COMTESSE DASH

LES GALANTERIES DE LA COUR DE LOUIS XV. . . . . . —	3	»
— LA RÉGENCE . . . . . . —	»	90
— LA JEUNESSE DE LOUIS XV. —	»	90
— LES MAÎTRESSES DU ROI . . —	»	90
— LE PARC AUX CERFS . . . —	»	90

ALEXANDRE DUMAS

ACTÉ . . . . —	»	90
AMAURY. . . . . —	»	90
ANGE PITOU . . . . —	1	80
ASCANIO. . . . . —	1	50
AVENTURES DE JOHN DAVYS . —	1	80
LES BALEINIERS. . . . . . —	1	30
LE BATARD DE MAULÉON . . . —	2	»
BLACK. . . . . —	»	90
LA BOULE DE NEIGE. . . . . —	»	90
BRIC-A-BRAC. . . . . —	1	20
LE CAPITAINE PAUL . . . . —	»	70
LE CAPITAINE RICHARD . . . —	»	90
CATHERINE BLUM. . . . . . —	»	70
CAUSERIES — LES TROIS DAMES. —	1	30
CÉCILE . . . . —	»	90
CHARLES LE TÉMÉRAIRE . . . —	1	30

ALEXANDRE DUMAS (Suite)

	fr.	c.
LE CHATEAU D'EPPSTEIN . . . —	1	50
LE CHEVALIER D'HARMENTAL. . —	1	50
LE CHEV. DE MAISON-ROUGE. . —	1	50
LE COLLIER DE LA REINE . . —	2	50
LA COLOMBE — MURAT . . . —	»	50
LES COMPAGNONS DE JÉHU . . —	2	10
LE COMTE DE MONTE-CRISTO . —	4	»
LA COMTESSE DE CHARNY . . —	4	50
LA COMTESSE DE SALISBURY . —	1	50
LES CONFESSIONS DE LA MARQUISE —	1	70
CONSCIENCE L'INNOCENT. . . . —	1	30
LA DAME DE MONSOREAU . . . —	2	50
LA DAME DE VOLUPTÉ. . . . . —	1	30
LES DEUX DIANE. . . . . . —	2	20
LES DEUX REINES. . . . . . —	1	50
DIEU DISPOSE . . . . —	1	80
LES DRAMES DE LA MER . . . —	»	70
LA FEMME AU COLLIER DE VE-LOURS . . . . —	»	70
FERNANDE. . . . . —	»	90
UNE FILLE DU RÉGENT. . . . —	»	90
LES FRÈRES CORSES . . . . —	»	60
GABRIEL LAMBERT . . . . . —	»	90
GAULE ET FRANCE. . . . . . —	»	90
UN GIL-BLAS EN CALIFORNIE. . —	»	70
GEORGES . . . . —	»	90
LA GUERRE DES FEMMES . . . —	1	65
HISTOIRE D'UN CASSE-NOISETTE. —	»	50
L'HOROSCOPE. . . . . —	»	90
IMPRESSIONS DE VOYAGE :		
UNE ANNÉE A FLORENCE. . . —	»	90
L'ARABIE HEUREUSE . . . . —	2	10
LES BORDS DU RHIN . . . . —	1	30
LE CAPITAINE ARÉNA . . . . —	»	90
LE CORRICOLO . . . . . . —	1	65
DE PARIS A CADIX . . . . —	1	65
EN SUISSE. . . . . —	2	20
LE MIDI DE LA FRANCE . . —	1	30
QUINZE JOURS AU SINAÏ . . —	»	90
LE SPÉRONARE . . . . . . —	1	50
LE VÉLOCE . . . . —	1	65
LA VILLA PALMIERI . . . . —	»	90
INGÉNUE. . . . . —	1	80
ISABEL DE BAVIÈRE . . . . . —	1	30

ALEXANDRE DUMAS (*Suite*)   fr. c.

ITALIENS ET FLAMANDS....	— 1 50
IVANHOE de Walter Scott ..	— 1 70
JEHANNE LA PUCELLE.....	» 90
LES LOUVES DE MACHECOUL..	— 2 50
MADAME DE CHAMBLAY....	— 1 50
LA MAISON DE GLACE.....	— 1 50
LE MAITRE D'ARMES......	— » 90
LES MARIAGES DU PÈRE OLIFUS .	— » 70
LES MÉDICIS.........	— » 70
MES MÉMOIRES. (Complet)...	— 8 »
— 1re série. (Séparément)..	— 3 60
— 2e série. (—).	— 4 50
MÉM. DE GARIBALDI. (Complet)	— 1 30
— 1re série. (Séparément)	— » 70
— 2e série. (—)..	— » 70
MÉMOIRES D'UNE AVEUGLE...	— 1 70
MÉM. D'UN MÉDECIN — BALSAMO	4 »
LE MENEUR DE LOUPS....	— » 90
LES MILLE ET UN FANTÔMES.	— » 70
LES MOHICANS DE PARIS....	— 3 60
LES MORTS VONT VITE....	— 1 50
NOUVELLES.........	— » 50
UNE NUIT A FLORENCE....	— » 70
OLYMPE DE CLÈVES......	— 2 60
OTHON L'ARCHER.......	— » 50
LE PAGE DU DUC DE SAVOIE.	— 1 70
PASCAL BRUNO........	— » 50
LE PASTEUR D'ASHBOURN...	— 1 80
PAULINE..........	— » 50
LA PÊCHE AUX FILETS....	— » 50
LE PÈRE GIGOGNE.....	— 1 50
LE PÈRE LA RUINE......	— » 90
LA PRINCESSE FLORA.....	— » 70
LES QUARANTE-CINQ.....	— 2 50
LA REINE MARGOT......	— 1 65
LA ROUTE DE VARENNES...	— » 70
LE SALTEADOR........	— » 70
SALVATOR.........	— 4 »
SOUVENIRS D'ANTONY.....	— » 90
SYLVANDIRE........	— » 90
LE TESTAMENT DE M. CHAUVELIN.	— » 70
LES TROIS MOUSQUETAIRES...	— 1 65
LE TROU DE L'ENFER.....	— » 90
LA TULIPE NOIRE......	— » 90
LE VICOMTE DE BRAGELONNE.	— 4 75
LA VIE AU DÉSERT......	— 1 30
UNE VIE D'ARTISTE......	— » 70
VINGT ANS APRÈS......	— 2 20

ALEXANDRE DUMAS FILS   fr. c.

CÉSARINE.........	— » 50
LA DAME AUX CAMÉLIAS....	— » 90
UN PAQUET DE LETTRES....	— » 50
LE PRIX DE PIGEONS......	— » 50

XAVIER EYMA

LES FEMMES DU NOUVEAU-MONDE.	— » 90

PAUL FÉVAL

LES AMOURS DE PARIS.....	— 1 30
LE BOSSU OU LE PETIT PARISIEN.	— 2 50
LE FILS DU DIABLE......	— 3 »
LE TUEUR DE TIGRES.....	— » 70

LÉON GOZLAN

LES NUITS DU PÈRE-LACHAISE.	— » 90

CHARLES HUGO

LA BOHÊME DORÉE......	— 1 50

CH. JOBEY

L'AMOUR D'UN NÈGRE.....	— » 90

ALPHONSE KARR

FORT EN THÈME.......	— » 70
LA PÉNÉLOPE NORMANDE....	— » 90
SOUS LES TILLEULS.....	— » 90

A. DE LAMARTINE

LES CONFIDENCES.......	— » 90
L'ENFANCE.........	— » 50
GENEVIÈVE. Hist. d'une Servante	— » 70
GRAZIELLA.........	— » 60
LA JEUNESSE........	— » 60
RÉGINA..........	— » 50

FÉLIX MAYNARD

L'INSURRECTION DE L'INDE. De Delhi à Cawnpore.....	— » 70

MÉRY

	fr.	c.
UN ACTE DE DÉSESPOIR. . . .	— »	50
LE BONHEUR D'UN MILLIONNAIRE.	— »	50
LE CHATEAU DES TROIS TOURS.	— »	70
LE CHATEAU D'UDOLPHE. . . .	— »	50
UNE CONSPIRATION AU LOUVRE.	— »	70
LE DIAMANT A MILLE FACETTES.	— »	60
HISTOIRE DE CE QUI N'EST PAS ARRIVÉ	— »	50
LES NUITS ANGLAISES.	— »	90
LES NUITS ITALIENNES. . . .	— »	90
SIMPLE HISTOIRE.	— »	70

EUGÈNE DE MIRECOURT

LES CONFESSIONS DE NINON DE LENCLOS.	— 3	70

HENRY MURGER

LES AMOURS D'OLIVIER	— »	30
LE BONHOMME JADIS.	— »	30
MADAME OLYMPE	— »	50
LA MAITRESSE AUX MAINS ROUGES	— »	30
LE MANCHON DE FRANCINE. . .	— »	30
SCÈNES DE LA VIE DE BOHÈME. .	— »	90
LE SOUPER DES FUNÉRAILLES. .	— »	50

JULES SANDEAU

SACS ET PARCHEMINS.	— »	90

SCRIBE

CARLO BROSCHI.	— »	50

FRÉDÉRIC SOULIÉ

AU JOUR LE JOUR.	— »	70
AVENT. DE SATURNIN FICHET. .	— 1	30
LE BANANIER.	— »	50
LA COMTESSE DE MONRION. . .	— »	70
CONFESSION GÉNÉRALE.	— 1	80
LES DEUX CADAVRES.	— »	70
LES DRAMES INCONNUS.	— 2	50
— LA MAISON N° 3, RUE DE PRO- VENCE.	— »	70
— LES AVENTURES D'UN CADET DE FAMILLE	— »	70
— LES AMOURS DE VICTOR BON- SENNE	— »	70
— OLIVIER DUHAMEL.	— »	70

FRÉDÉRIC SOULIÉ (Suite)

	fr.	c.
EULALIE PONTOIS.	— »	30
LES FORGERONS.	— »	50
HUIT JOURS AU CHATEAU. . . .	— »	70
LE LION AMOUREUX.	— »	30
LA LIONNE.	— »	70
LE MAITRE D'ÉCOLE.	— »	30
MARGUERITE	— »	50
LES MÉMOIRES DU DIABLE. . .	— 2	»
LE PORT DE CRETEIL.	— »	70
LES QUATRE NAPOLITAINES. . .	— 1	50
LES QUATRE SŒURS.	— »	50
SI JEUNESSE SAVAIT, SI VIEIL- LESSE POUVAIT.	— 1	50

ÉMILE SOUVESTRE

DEUX MISÈRES	— »	90
L'HOMME ET L'ARGENT	— »	70
JEAN PLÉBEAU	— »	50
LE MENDIANT DE SAINT-ROCH. .	— »	70
PIERRE LANDAIS	— »	50
LES RÉPROUVÉS ET LES ÉLUS. .	— 1	50
SOUVENIRS D'UN BAS-BRETON. .	— 1	50

EUGÈNE SUE

LA BONNE AVENTURE.	— 1	50
GILBERT ET GILBERTE.	— 2	70
LE DIABLE MÉDECIN.	— 2	70
— LA FEMME SÉPARÉE DE CORPS ET DE BIENS	— »	90
— LA GRANDE DAME.	— »	50
— LA LORETTE	— »	30
— LA FEMME DE LETTRES . . .	— »	90
— LA BELLE FILLE	— »	50
LES FILS DE FAMILLE.	— 2	70
LES MÉMOIRES D'UN MARI. . .	— 2	70
— UN MARIAGE DE CONVENANCES.	— 1	50
— UN MARIAGE D'ARGENT . . .	— »	90
— UN MARIAGE D'INCLINATION. .	— »	50
LES SECRETS DE L'OREILLER . .	— 2	20
LES SEPT PÉCHÉS CAPITAUX. . .	— 5	»
— L'ORGUEIL	— 1	50
— L'ENVIE.	— »	90
— LA COLÈRE.	— »	70
— LA LUXURE	— »	70
— LA PARESSE	— »	50
— L'AVARICE	— »	50
— LA GOURMANDISE	— »	50

VALOIS DE FORVILLE

LE CONSCRIT DE L'AN VIII. . .	— »	90

BROCHURES DIVERSES

ÉMILE AUGIER   fr. c.

DISCOURS DE RÉCEPTION A L'ACA-
DÉMIE FRANÇAISE . . . . 1 »

***

LA QUESTION ALGÉRIENNE, à propos de
la lettre adressée par l'Empereur au
maréchal de Mac-Mahon . . . . 1 »

LOUIS BLANC

LA RÉVOLUTION DE FÉVRIER AU
LUXEMBOURG . . . . 1 »

BLANQUI ET ÉMILE DE GIRARDIN

DE LA LIBERTÉ DU COMMERCE ET DE
LA PROTECTION DE L'INDUSTRIE . . 2 »

H. BLAZE DE BURY

M. LE COMTE DE CHAMBORD — UN MOIS
A VENISE . . . . 1 »

BONNAL

ABOLITION DU PROLÉTARIAT . . . . . 1 »
LA FORCE ET L'IDÉE . . . . 1 »

G. BOULLAY

RÉORGANISATION ADMINISTRATIVE . . . 1 »

CHAMPFLEURY

RICHARD WAGNER . . . . » 50

RENÉ CLÉMENT

ÉTUDE SUR LE THÉATRE ANTIQUE . . 1 »

ATHANASE COQUEREL FILS

LE BON SAMARITAIN, sermon prêché
en 1864, dans les églises de Lusi-
gnan et de Reims . . . . . . » 50
LE CATHOLICISME ET LE PROTESTAN-
TISME considérés dans leur origine
et leur développement . . . . . 1 »
LES CHOSES ANCIENNES ET LES CHOSES
NOUVELLES, sermon prononcé en
1864, dans les églises de Poitiers,
Reims, Nîmes, Montpellier, Mon-
tauban et Lyon . . . . » 50
L'ÉGOISME DEVANT LA CROIX, sermon
sur Luc, prêché dans les églises de
Vauvert, Anduze, Sommières,
Uzès et Clairac . . . . » 50
PROFESSION DE FOI CHRÉTIENNE . . . » 50
LA SCIENCE ET LA RELIGION, sermon
prêché en 1864, dans les églises
de Nîmes et de Dieppe . . . . » 50
SERMON D'ADIEU prêché dans l'église
de l'Oratoire . . . . » 50

L. COUTURE

DU BONAPARTISME DANS L'HISTOIRE DE
FRANCE . . . . 1 »
DU GOUVERNEMENT HÉRÉDITAIRE EN
FRANCE 1 50

UN CURÉ

A NOTRE SAINT-PÈRE LE PAPE . . . 1 »

CHARLES DIDIER

QUESTION SICILIENNE . . . . 1 »
UNE VISITE AU DUC DE BORDEAUX . . 1 »

ERNEST DESJARDINS

NOTICE SUR LE MUSÉE NAPOLÉON III
et promenade dans les galeries . » 50

DUFAURE

DU DROIT AU TRAVAIL . . . . » 30

ALEXANDRE DUMAS   fr. c.

RÉVÉLATIONS SUR L'ARRESTATION D'É-
MILE THOMAS . . . . » 50

ADRIEN DUMONT

LES PRINCIPES DE 1789 . . . . . 1 »

LÉON FAUCHER

LE CRÉDIT FONCIER . . . . » 30

OCTAVE FEUILLET

DISCOURS DE RÉCEPTION A L'ACA-
DÉMIE FRANÇAISE . . . . 1 »

LE MARQUIS DE GABRIAC

DE L'ORIGINE DE LA GUERRE D'ITALIE. 1 »

ÉMILE DE GIRARDIN

L'ABOLITION DE L'AUTORITÉ . . . . 1 »
ABOLITION DE L'ESCLAVAGE MILITAIRE. 1 »
AVANT LA CONSTITUTION . . . . . » 50
L'EXPROPRIATION ABOLIE PAR LA DETTE
FONCIÈRE CONSOLIDÉE . . . . . 2 »
LA CONSTITUANTE ET LA LÉGISLATIVE. 1 »
LE DROIT DE TOUT DIRE . . . . . 1 »
L'ÉQUILIBRE FINANCIER PAR LA RÉ-
FORME ADMINISTRATIVE . . . . 1 »
LE GOUVERNEMENT LE PLUS SIMPLE. 1 »
JOURNAL D'UN JOURNALISTE AU SECRET. 1 »
LA NOTE DU XIV DÉCEMBRE . . . . 1 »
L'ORNIÈRE DES RÉVOLUTIONS . . . . 1 »
LA PAIX. 2e édition . . . . 1 »
RESPECT DE LA CONSTITUTION . . . 1 »
LE SOCIALISME ET L'IMPOT . . . . 1 »
SOLUTION DE LA QUESTION D'ORIENT. 2 50

GLADSTONE

DEUX LETTRES au lord Aberdeen
sur les poursuites politiques exer-
cées par le gouvernement napoli-
litain . . . . 1 »

JULES GOUACHE

LES VIOLONS DE M. MARRAST . . . . » 50

LE COMTE D'HAUSSONVILLE

CONSULTATION DE MM. LES BATON-
NIERS DE L'ORDRE DES AVOCATS . 1 »
LETTRE AUX BATONNIERS DE L'ORDRE
DES AVOCATS . . . . 1 »
M. DE CAVOUR ET LA CRISE ITALIENNE. 1 »

LÉON HEUZEY

CATALOGUE DE LA MISSION DE MACÉ-
DOINE ET DE THESSALIE . . . . » 50

VICTOR HUGO ET CRÉMIEUX

DISCOURS SUR LA PEINE DE MORT (Pro-
cès de l'Evénement) . . . . . . 1 »

LOUIS JOURDAN

LA GUERRE A L'ANGLAIS. 2e édit. . 1 »

LAMARTINE

DU DROIT AU TRAVAIL . . . . . . » 30
LETTRE AUX DIX DEPARTEMENTS . . » 30
LA PRÉSIDENCE . . . . » 30
DU PROJET DE CONSTITUTION . . . » 30
UNE SEULE CHAMBRE . . . . . . » 30

ÉDOUARD LEMOINE

ABDICATION DU ROI LOUIS-PHILIPPE. » 50

JOHN LEMOINNE

AFFAIRES DE ROME . . . . 1 »

LIBRAIRIES DE MICHEL LÉVY FRÈRES

DERNIERS OUVRAGES PUBLIÉS FORMAT GRAND IN-18
à 3 francs le volume

IMPRIMERIE L. TOINON ET Cⁱᵉ, A SAINT-GERMAIN.

www.ingramcontent.com/pod-product-compliance
Lightning Source LLC
Chambersburg PA
CBHW070302040726
47505CB00020B/793